ココロのはなし

堂本剛

取材協力・NHK「ココロ見」制作班

KOKORO NO HANASHI

TSUYOSHI DOMOTO

角川書店

本音で話せば伝わる
その人が持ってる力と
その人が本当にやりたいことを
僕は、知りたい

人それぞれの答えを
認め合い、理解し合う
そういう対話から生まれた何かは
きっと、誰かの生きるヒントになる

相手のことをすべて知るのは難しい
でも理解しようとする努力は
本気で思っていれば出てくるもの
だから、きちんと向き合おう

願いを込めて言葉を発すれば
素敵な未来につながると
僕は、本気で信じてる

はじめに

「ココロ見」は、2010年からNHKのEテレとBSプレミアムの特集番組として、これまで3年間で5シリーズが放送されました。忙しい日常から解放された夜、テレビをつけたら、どこかの誰かがじわじわと心を打つ話をしていて、明日を生きる元気を静かにもらえるような、そんな番組があったら素敵だなという思いから、企画が始まりました。

番組は、堂本剛さんが一人の等身大の人間として、各界で活躍するさまざまな賢人たちと本音で向き合い、言葉を紡いでいく問答のセッションです。登場する賢人は、生き方も職業も考え方も年齢もまったく異なります。賢人や堂本さんが発する言葉すべてに同調する必要はなく、誰か一人の何か一言が、今を生きるヒントにつながればいいと願っています。

本書で改めて、自分にぴったりくる「人生のお守り」になるような言葉探しをしていただければ幸いです。

NHK「ココロ見」制作班

CONTENTS

CROSSTALK 01

塩沼亮潤

慈眼寺住職

×

堂本剛

「今」のはなし

KOKORO NO HANASHI

TSUYOSHI DOMOTO

1,300年の間にたった二人しか成し遂げられなかった荒行を達成した大阿闍梨・塩沼亮潤氏に、堂本剛が感じたものはシンパシー。互いに早くから親元を離れ、特異な人生を送ってきた二人。人見知りという共通点まである二人が、「今」を生きる意味について語り合います。

PROFILE

塩沼亮潤（しおぬま　りょうじゅん）
1968年、宮城県生まれ。金峯山修験本宗慈眼寺住職。19歳で出家し、修行と研鑽の生活に入る。23歳のときに、「大峯千日回峰行」を開始。これは、奈良・吉野山から大峯山までの高低差1,300メートルある険しい山道を一日48キロ、16時間かけて年間約４か月、決められた期間に往復するもので、途中でやめることの許されない荒行。万が一、行を続けられないと判断したときには、短刀で自決しなければならないという厳しい掟がある。吉野山金峯山寺1,300年の歴史で達成した者はそれまで一人しかいなかったが、足掛け９年でやり遂げた。さらに、９日間飲まず・食べず・寝ず・横にならずの『四無行』も成し遂げ、宮城県仙台市に慈眼寺を開山した。『人生生涯小僧のこころ』『毎日が小さな修行』（致知出版社）、『忘れて、捨てて、許す生き方』（春秋社）など著作も多い。

塩沼　今日は本当に楽しみにしておりました。つい先日、堂本さんの薬師寺《やくしじ》さんでのライブVTRを拝見しました。

堂本　見ていただいたんですね。ありがとうございます。

塩沼　まだお若いのに素晴らしい表現をなさる方だなと思い、感心しておりました。

堂本　そう思っていただけるなんて、とても幸せに思います。五、六年前くらいからなんですけど、ありのままでステージに立つ、カメラの前に存在するということを決めたんです。そういった感覚で立った薬師寺さんのステージを見ていただけたんだと。

塩沼　そうですね。いわゆるそれを「如是《にょぜ》」と言いまして、何ごとにもとらわれないありのままの姿、それを感じたのだと思います。私達もお坊さんですから毎日必ず読経します。

堂本　ええ。

塩沼　ですから声の響きをとても大切にしているんですが、ギターも弾かれてましたね。

堂本　はい。

塩沼　そのギターと声とが放つエネルギーと言いましょうか、力を多くの皆さまに届けているというのは本当に意義のあることだと思います。実は私の夢とか目標も縁のあった人に何か生きる喜びを自分の姿や声を通して伝えたい。ただそれだけなんです。しかし堂本さんはお若いのに本当に素晴らしいですね。

堂本　ありがとうございます。僕も本当にようやくと、いろんなことに気付くことができるようになったのですが、なかなか。僕も奈良から東京に本当に出ていったのは十四歳ぐらいなので。

塩沼　十四ですか？　中学のときに？

堂本　二年生ぐらいですね。そのときに、母親は毎日泣いていたとあとで報告を受けました。悲しくて寂しくて心配で。

塩沼　堂本さんは泣かなかったんですか？

堂本　僕、めっちゃ泣きましたね。やっぱり奈良がすごい好きやったし。何かこう心の底から、人さまの前に立って何かを表現するというお仕事に就きたいと思ってなかったんです。でも流れ流れで導かれるままというのが正直な印象なんですけど。そのあとは本当に皆さんに求めていただく自分を全うするということが、自分のお勤めだと思って生きていくんですが、うん……。そうするとやっぱり、皆さんが理想とする自分なんで、本来の自分ではないし。

塩沼　ええ。

堂本　イメージで塗り替えられた自分といいますかね。適当なことを面白おかしく言うてる人！　みたいなイメージがどうしてもついてしまって、本当の自分ではないのになぁ、なんていう苦しみがずっとありまして。お客様からは求めていただいているエネルギーをいっぱい感じる。喜んでもらっている。でも自分の魂は光をあきらめているような状態というか。そういうのを感じてしまってから「自分の本音というものはやっぱり表現してはいけないのかな」なんて思ってたんですが、それこそライブ会場に来てくださるお客様が、海のような、宇宙のような愛をもってくださっていて。「剛くんのやりたいことをやってくれたほうがいいです」と。それで自信をもって表現できるようになってきたところで。本当につい最近なんです。

塩沼　そうでしたか。

堂本　僕は十四歳で東京に出て、この道でいく、友達と別れて泣く、みたいなことをやったんですけど、十代の頃ってどういうことをされてましたか？

塩沼　私は、生まれ故郷の仙台を離れて、奈良の吉野《よしの》に修行に来たのが十九歳のときでした。

堂本　十九歳？　高校卒業されてですね。

塩沼　はい。実家がお寺ではなかったのですが、小学校のとき『千日回峰行《せんにちかいほうぎょう》』というテレビ番組を見たことがきっかけで、自分もこの修行がしたいと思いました。なぜそう思ったのかわかりませんが、だんだんとその気持ちが高まってくる。そして、母と祖母と三人での大変な生活だったのですが、まわりの人達に大変お世話になりました。今度は自分が皆さまのお役に立てるような人になろうと思い、昭和六十二年の春に、夢と希望を抱えて仙台から新幹線に乗り込んだんです。「行ってくる」と言って新幹線の扉が閉まった瞬間に、涙があふれてきましてね。母と祖母の生活を案じて胸が張り裂けそうになりました。

堂本 ああ。最近僕もね、涙もろすぎて、歌っていてよく泣いてしまうんですよ。汗なのか涙なのかわからへんから。でもそこは恥ずかしがらずに。だってねぇ、自分の人生の中で、自分の人生を僕に捧《ささ》げてくれてる人達がいっぱいいて、で、この人達が存在するということは、ご先祖様が一人欠けてもあかんかったわけで。今この時を一緒にしてるというのが、当たり前のように感動してしまうというか。

塩沼 ええ。

堂本 涙を流すって、何かものすごく自然なことで、ものすごく美しいことだなと。悔し涙もつらい涙を流したこともいっぱいありますけど、その涙もやっぱり美しいなと、最近特に思う部分がありましてね。涙するたびに自分の中に水があるというか、そういうことをまた感じられたり、自分が生きているからこの感動があって、歌も歌えて、体感できて、いろんなことに感謝できるっていうか。そういう瞬間を自分にいっぱい与えてあげたいし、それを、自分をたくさん応援してくださる方に見てもらいたいなというのもあって。

塩沼 はい。

堂本 でね、この番組を見る人は、堅い話をするんだろうなとか、期待しはるところもあると思うんですけど、いろいろ考えた結果、塩沼さんにお会いするのにあえてサンダルで行ってしまおうと思いまして。高貴な色、紫をちょっとまといつつ、お坊さんふうな感じの上着を羽織って。

塩沼　そうだったんですか。

堂本　木々に囲まれながら、お日様に見守られながらいろんな話ができたらなと。なかなかお坊さんには聞かれへんなーみたいなことも何か聞けたらなと。

塩沼　どうぞ、ご遠慮なさらずになんでも話してください。

堂本　じゃあもう率直に、恋について、どんなふうにとらえられてます？

塩沼　私の場合は十九歳のときに、一般の俗世界とはまったく隔離された中での規則正しい生活になりましたので、皆さんが思っているような青春……、これはすべて修行の期間にあててしまったので、気付いたらもう厄年を過ぎていまして。恋もデートもまったくないままこの歳になってしまいましたけれども。

堂本　僕は、年間休みが三百六十五日中、三日間という……。

塩沼　私は三百六十五日、一日も休みはありませんが、たしかに少ないですね。

堂本　はい。青春時代だったので、学校も行かなきゃいけないし、テストもあるし、ドラマやったりいろんなことがあったので、寝る時間は本当に惜しかったんです。

塩沼　だいたい睡眠時間はどのくらいですか？

堂本　学校と重なってしまうと平均四時間か三時間が普通でしたね。だから僕の青春時代は、びっくりするくらい時間がなかったというのと、ひたすら眠たかったという、そんな印象しかないんですよね。ウソ!?　ってみんな言うかもしれへんけど、僕、記憶がほとんどないんです。人間何かつらいことがあると忘れてしまうとよく言いますけど。

塩沼　そうですか？

堂本　よっぽどつらかったのか、そのお勤めがものすごく当時の自分にとって窮屈だったのか、記憶がほとんどないなーというのが正直なところで。

塩沼　でも、充実感はありましたでしょ？

堂本　そうですね。いろんな勉強をさせてもらいましたから。ただ恋ということでいえば、人を好きになってはいけないと思って生きていた時期でもありまして。人を好きになってしまうとやっぱり自分がつらいから。で、お聞きしたいんですけど、その行の中で、人間としてこうしたいと思う素直な気持ちと、いや違うんだと思う気持ちとの間で、若いときに葛藤《かっとう》されたエピソードとか何かありますか？

塩沼　修行が始まった頃は十九歳ですので、お坊さんになったとはいえまだまだ若いですからね。

堂本　ええ。

塩沼　あれが食べたいなとか、こうしたいなとか、あれが欲しいなとか、そういう「欲」みたいなものが当然芽生えてきますね。心の中に。

堂本　そうでしょうね。

塩沼　しかし、その欲のままに生きたのではとんでもない方向に人生行ってしまいますので、そうではなく、理想とする生き方ができるようになるためにと、修行の期間を定めて自分自身を見つめ直します。しかし、なかなかありのままの真理に生きるということは、若いとなかなかできない。つい、何かにとらわれてしまう。百のうち九十九、真理のごとく行こうと思っても、たった一つでも〝我欲〟に引っ掛かったら、純粋に理想とする側には行けないですね。

堂本　そうですね。

塩沼　しかし、迷っていても苦しくても、情熱をもって、全力で日々を重ねていると、年を重ねてくるたびに見えてくるものがあるんです。

堂本　僕も性格がゼロか百なんですよ。なので「これをやってはいけない、そこそこにしときなさいよ」って親に言われると、絶対やらなくなっちゃうんですね。逆に、「ちょっとぐらいやったらいいよ！」って言われたら、めっちゃやってしまうんですよ。

塩沼　私もそういうところがあるでしょうね。

堂本　一緒ですか？

塩沼　とても似ているかもしれません。

堂本　それがね、やっぱり五十にしなさいという人も多いんですよね。ゼロか百もカッコいいという人もいますけど、時に人を傷つけてしまったり、自分に優しくなかったりね。ゼロか百っていうのはちょっと極端だなと思うんですけど、性格が許さなくて。じゃあ僕はもう一切やらない、みたいな。これもまあなんでしょうね。

塩沼　若さですかね。

堂本　その『千日回峰行』ですか、実際歩きはった道に行ってみるとすごいところですね。険しいというか。あの木々にお日様がのぞいたり隠れたり、不安な気持ちになったり、優しい気持ちになったり、日によって違うでしょうね。

塩沼　はい。真夜中になると真っ暗です。

堂本　真っ暗？

塩沼　提灯《ちょうちん》の明かりが消えると、目をつぶっているような感じになります。

堂本　僕はこれ、あかんなー。行をされているときって、ものすごいスピードで歩いてらっしゃるんですね。朝の、それこそ通勤の、電車間に合わへん！　ぐらいの……。

塩沼　そのぐらいの速さです。一日往復四十八キロメートル歩きますので、ゆっくり歩いていたのでは夕方までに帰ってこれません。平坦な道はほとんどなく、場所によっては岩をよじ登らなければならない難所もあり、かなりの高低差があります。

堂本　負担がすごく来ますよね。
塩沼　行が終わって右脚と左脚の長さが二センチ以上違いました。
堂本　えー。
塩沼　登りは体力を使いますし、下りはケガに注意しなければなりません。
堂本　はあ〜。めちゃめちゃ急なところを駆け降りる感じですか。全然想像してたのと違《ち》ごたわ。
塩沼　若い頃は力が有り余っていますので、大地を蹴ってとても力強く歩いてたのですが、そんな歩き方をしていると、長い期間ですので、足腰に負担がかかることがわかりました。これはとても……。
堂本　もたないぞと。
塩沼　そう。もたないと思い、山道や道端の石にも思いやりをもって歩くようになりました。そして右の脚と左の脚を前に出すたびごとに「謙虚、素直」と心の中でつぶやきながら感謝の世界で歩いていました。
堂本　大地に対しても感謝して歩くって、なかなかできませんもんね。
塩沼　よく山を歩いているときどんなことを考えてるんですか？　と聞かれますけど、肉体的にも精神的にも極限の中での生活となりますと、ものすごく強い自分と、もう一人この胸の中に四歳か五歳の幼子がいるような、二人の自分がいる感じなのです。たとえば子供が野山を散歩しているような純粋さだったりが胸の中にいるのですが、形相は目がつり上がって、一切の妥協も許さない自分。この二人が同居しているような感じでした。

堂本　その同居している感じって、僕もライブ中にたまにあるんです。ものすごく冷静な自分がここにいて、演奏も歌もこうやって聞いている。あの感じは本当に不思議で。どっちも自分な感じなんですけど。

塩沼　ええ。

堂本　人間の命の極限とかギリギリ限界みたいなところに自分を追いやって、そこで学ぶことや得ることがあるっていう。それが幾度となく迫ってくる感じってことですよね。

塩沼　はい、その繰り返しです。

堂本　人間ってやっぱり行き着くところまで行くと、幻想だとわかるものが見えたりとか？

塩沼　幻聴や幻覚のようなものは、行の初めの頃よくありました。ものすごく怖いものを見る時期があり、次に仏様などが見え、最後の頃は何も見えなくなりました。

堂本　何も見えない……。

塩沼　はい、そういうものが見えるようになるために修行をするのではなく、人として大切な何かを求めるために行があるので、そういう魔境にとらわれず、悟りを求めなければならないんです。

堂本　なるほど。

塩沼　修行四百九十五日目だったのですが、もう生きるか死ぬか……。腰に差している短刀は、万が一のときに自分で自分の腹を切る、これ以上前に進めないというときにこの短刀で腹を切るんですけども、ここでもしかして死ぬんではなかろうかなと思った場所が、ちょうどお地蔵さんのいるこのあたりだったんですね。

堂本　あ、そうなんですか。

塩沼　はい。もう四百九十四日目は葛湯《くずゆ》一杯で四十八キロ歩きました。

堂本　葛湯一杯で……。

塩沼　体調を崩してしまい、十日で十一キロほど痩《や》せてしまいました。

堂本　一日一キロ落ちていくペースですから、普通に考えたら危ない状態ですよね。

塩沼　かなり危険でした。高熱が出て、食べても二時間くらいでお腹から下してしまって、体力がなくなってきて。それで四百九十五日目に登ってきたんですけど、小さな石に躓《つまず》いてしまって、そのまま三メートルぐらい飛んで、顔面から倒れるような感じになって、ああって思いまして。そのときはもうつらいとか苦しいとかはないんです。

堂本　そういうのもなく。

塩沼　痛いとかもなくて、ただそこに伏してる自分がすごく心地いい。永遠に時間が止まってほしいなっていうような感覚でした。ああ、もしかしたらここで自分が死ぬんだろうなと思ったとき、人間ってすごい窮地に追い込まれると、今までの過去が全部走馬灯のように……。

堂本　はいはい、よく言いますよね。

塩沼　そういう感じになり、小さい頃からの思い出が、まるで映像を見ているかのように見えてきて、いったい、どこで終わるのかと思っていると、出家するその日に、母が本当に美味《おい》しい大根の味噌汁《みそしる》を作ってくれました。そして、ご飯を食べ終わると茶碗《ちゃわん》とお椀《わん》と箸《はし》を洗ってくれて。それをどうしたかというと、ゴミ箱に全部捨ててしまったんです。「お前の帰ってくる場所はもうないから、しっかり精進しなさい」と。「日本でも一番に苦しいと言われる行をするのだから、砂を噛《か》むような思いをして頑張ってきなさい」と送り出してくれたんです。

堂本　……………。

塩沼　私が倒れた場所は真っ暗ですので。誰もいないところに、「砂を噛むような思いをしろ」という聞こえるはずがない幻聴が聞こえました。そうか、砂を噛むような苦しみというのはまだしてないから、ここにある砂を自分のこの舌で舐《な》めて、噛んでみようと。そしたらものすごく変な感触がして、こんなところで倒れていられない、と信じられないような力が湧いてきて、一歩そして一歩と歩いているうちに猛烈に山頂をめざして走ってました。

堂本　いやぁ……、その母の一言がギリギリの自分を救ったと？

塩沼　はい、それがなかったら、今の私はなかったかもしれません。

堂本　ありますよね、そういうね。

塩沼　はい。山にいるときは、何かものすごく優しい、子供みたいな気持ちもありながら歩いてました。そしていろんなものに対して感受性も豊かになるし。岩場の間から、小さい紫色の花が咲いているのを目にすると、行で疲れきった自分の肉体であり精神を癒《いや》してくれます。花は人の心を癒すけれども、自分はいったい周りの人に対して、そういう存在であったであろうかと反省させられたり。一輪の花一つにも何かいろんな気付きがあります。

堂本　なかなか十人いたら十人に好かれたいとか、いいと思われたいとか。なんかすごくちっぽけなことなのかなとか。ものすごく優しく、なんかこう、伝えられるような生き方というか、胸の鼓動というか。そういうものを自分自身も感じながら生きていけたらいいなあなんてことをよくね、考えるんですけど。

塩沼　なぜ、修行者は時折、常識では考えられないような厳しい修行をするんですかと聞かれますが、人間の世界はすべて自分の思いどおりにならないことが多々あります。そして、自分の思いや願いがかなわないと、暗くなったり、気ままわがままを押しとおしたりすることがないでしょうか。しかし、人生はいいことも悪いことも半分半分です。だからこそ、心が成長するのだし、人として大切な何かが修行によって見えてくるのです。

堂本　感謝の心だったりが見えてくるんですね。

塩沼　はい。大自然からは、いろんなものを自得することができます。

堂本　そうですね。

堂本　音楽を聴かれることはあるんですか？

塩沼　よく聴きます。

堂本　邦楽ですか？　洋楽ですか？

塩沼　音楽に国境はなく、世界中のいろんな文化や民族が表現する音にはとても興味がありま す。

堂本　先入観なくその人の表現やメッセージを受け止めるってすごくいいことだなと思います ね。仏教でもお経を唱えられるじゃないですか。

塩沼　はい。

堂本　音楽って、自分が思っていた以上に「神仏《しんぶつ》」っていうんですかね。自分が生きている、生きていく、死んでいくっていう、いろんなことともものすごくリンクしてると思って。歌もやっぱり一緒で、目の前にいるお客様、でもその先にあるもので、自分自身に対して、でもその自分自身の奥深くにあるものを震わせるために、そこに捧げるっていうことは一緒なので。なんかその……神社でいえば祝詞《のりと》とか、巫女《みこ》さんが舞を踊ることとか。仏様にお経を読んだり、お供え物したり、護摩木を焚《た》いたり、ひとつひとつ捧げていくっていうことが、自分の奥深くのものを震わせるっていうんですかね。そういう時間や感覚っていうのは、失礼かもしれへんけど、ものすごく一緒なところにある瞬間が多いんですよね。

塩沼　音を楽しむと書きますが、まさに何も考えずにただひたすらにという感じですね。

堂本　ええ。

塩沼　僧侶《そうりょ》ならば毎朝読経して、その祈りを仏様に捧げるという意味もありますけど、お経を唱えるお坊さんが十人いるか、二十人いるか、その人達が一緒に朝、一つの決まりごとの中で、ここでは鐘をたたいて、ここでは木魚をならして、この瞬間に音を出してという一つの決まり、それを○・一秒狂わずに先輩から教わったとおりに同じように繰り返して、毎日皆で気持ちを合わせていくんですね。僧侶同士が互いにお経をとおして……音楽といってもいいんでしょうか。価値観を共有し合うようなものでもあると思うんです。

堂本　はい。

塩沼　音というものにはとてもすごい力があると思います。特に人が発した声というものは、何か時空を超えて永遠に宇宙に響き渡るような気がします。だからこそ、思いやりや慈しみの心でもって言葉を発した方がいいのだと思います。

堂本　そうですね。凜《りん》とした自分でね、本当にたった一つの純粋な思いっていうものを捧げていく。ただそれだけのことですよね。求めることもせずに。音楽ってどうなってねんやろうとかって考え出すと……。

塩沼　きりがないです。

堂本　先程、宇宙っておっしゃいましたけど。昨日も満天の星空を見上げて思いましたけど、昔の人はあそこに宇宙がある、あそこに神様が、仏様がいる、というような、本当に純粋な思いで祈りを捧げたり手を合わせたりして、愛の時間を過ごされてきたんだと思うんですよね。実際外にいたら空が突き抜けているし、自分の希望とか想像がどんどん膨らむけれど、これが家の中やったら、上を見上げたら電気がある、天井がある。想像力が乏しくなって、どんどん時代が変わってくるじゃないですか。

塩沼 はい。

堂本 価値観も変わってくる。

塩沼 はい。

堂本 そういう中で、お勤めされているさまざまな行であったり、時間というものの中から得る、今の時代にとって大切なものってなんでしょうか？

塩沼 今の時代にとって大切なものですか……。

堂本 はい。

塩沼 よく「昔はよかった。今の時代は……」とか言われてますが、昔は電気もガスも水道もなかった。では何がよかったのかと一言でいうと、心の潤いでしょうね。

堂本 そうですよね。

塩沼 若い人達でも、世の中がこうなったらいいのにねっていう話は、友達同士では語り合っているのでしょうが、まだ大きな輪にどんどんと縁がつながっていくようなことがない。でもその点が線で結ばれれば、何か世の中が変わっていくのではなかろうかと。今、時代を担っている私達が気付いて変わらなければならないと思うんです。

堂本　ええ。

塩沼　しかし、過去を振り返ってみると「俺は世の中を変えるんだ！」とか何だとか言って、世の中を変えた人はあまりいません。だっていつの時代でも平和を望まない人はいません。

堂本　そうですね。

塩沼　やっぱり自分自身が変わることによって周りの人が変わったり、たとえば優しい笑顔を施したり、優しい言葉を相手に掛けることによって、何か相手の反応が変わってきたり。身近なところでまず自分が変わることによって、世の中が変わる可能性はあると思います。

堂本　ありますよね。やっぱり何かその、気付くことが大事で。今は情報が多過ぎるし、その情報に皆本当に操作され過ぎで。

塩沼　はい。便利なようで便利じゃないというか。この前、仕事をバリバリしている人が、携帯電話を二つもって仕事のやりとりをしていたので、聞いてみたんです。「携帯電話ができて、昔と仕事の量は変わりますか？」と。そしたら「処理できるのは決まってるから、あんまり変わってない」と。もしかして戦後、便利とかそういうものにとらわれ過ぎて、何か大切なものを忘れてきたんではなかろうかと思うときがあります。特に家庭の教育です。

堂本　家庭教育、大事ですよね。

塩沼　堂本さんはどんなことを、お父さんお母さんから小さい頃、教わりましたか？

堂本　まず一つは、人様のものをとってはいけないということ。あと僕がいつも思っていることは、愛とは求めることではない、与えていくものだということ。それをちゃんとわかっていなさいと言われてますので、自分の中ではなるべく求めずに、与え捧げるということができるような人間になろうと思って、まあ頑張って生きている最中ですかね。なかなかやっぱり、求めてしまう瞬間というのがまだまだいっぱい出てきてしまうんですけど。好きな人もいれば、何か合わへんなっていう人もいたりしますから。

塩沼　世の中にはいろんな人がいて成り立っているのですが、たとえばとても自己中心で自分の立場がよくなるためだったら、人のことを一切気にしないという人と出会ってしまった場合、とてもストレスを感じてしまいます。そこを乗り越えるのにとても時間がかかりました。

堂本　僕もその……、何ていうんですかね。すべてに感謝することを頑張ろうとするんですけど、これは頑張ることでもなく自然とそうなっていくべきなんでしょうけど、なんか欲がまだまだあるかして、うまくできないんです。

塩沼　私もどうしても理解できない人がたった一人だけいて、それを悟るのにとても大変でした。頭ではどんな人も分け隔てすることがないようにとわかっているのですが、実際顔を合わせるとできない。その迷いと葛藤の中からやがて、それを悟った瞬間は喜びの世界でした。

堂本　難しいですよね。僕なんか、人前に立つとか、何かを表現するということが、基本的にちょっと好きではなかったほうなんですよ。

塩沼　私もそうです。

堂本　人見知りで……。

塩沼　人前嫌いだし、話が嫌いだし（苦笑）。

堂本　僕も、これだけ熱弁ふるっていて申し訳ないんですけど、人前大っ嫌いなんですよ。その講演されるときにね、自分の中にある人見知りというものを、どうすりかえていきながら、いろんなことをふわーっといってはいかはるんですかね？

塩沼　なんだか、初めはもう大変でした。汗はもうダクダク、膝《ひざ》はガクガク。もう声は震えるし。しかし、決められた時間がきたら大勢の人の前で話さなければならない。

堂本　行ってまえー！　と？

塩沼　はい。上手でも下手でも精一杯させていただくことに意義があるんだと、ただただ突っ走ってきました。

堂本　なんかね、ちょっと似て……る……。時間軸っていうんですかね。

塩沼　そうですね。

堂本　僕も音楽を始めたきっかけは自分ではないんです。まず僕、ミュージカルをやってほしいって言われたんです。でも、いややって言ったんですよ。緊張するし、人の前でなんか芝居とか無理無理って。そしたら、音楽やりなさい！　って。でも音楽は嫌いじゃなかったし、何かしゃべるとかでもなく、歌うやから、まだこっちのほうがいいなと。なんかそんなことを急に思い出してやっていくと、自分が言葉では言えないこと……たとえばテレビとか雑誌では編集されるようなことが、歌では歌詞に乗せてしまえば、編集されることが少ないとか、そういう悪知恵も働きまして。「あ、絶対歌のほうが、僕は本当のこと言えるんだ」ってことで、音楽のほうが好きやったんです。

塩沼　ええ、ええ。

堂本　で、体調が悪いときは体調が悪い音出るし、なんか失敗したらそのままわかってしまう。でもそれが今の僕やし、あなたが今見てる僕なんですよ、これが！　っていうのがウソなくちゃんと届けられると思ったから。だから音楽を、音を鳴らそうっていう気にどんどんなってくるんですね。

塩沼　そうですか。

堂本　とある日に、母が一緒に桜を見に行ったときに、「お母さんも早く孫、欲しいわ」みたいなことをまず言い出して。

塩沼　はい。

堂本　「孫って言われても、まず彼女作って結婚せな、それは無理やで」と言ったんです。そしたら母がもうね、風にさらわれる花びらをうわーっと感じながら、「あと何回、あんたとこの桜、見れるのんかな……」ってぼそっと言わはったんですよ。そしたらもう胸が苦しくて、そんなん言われる年になったんやなと思ったのと、その背中がただただ美しくて、寂しかったんですね。で、桜って、もしかしたら死んだ人達が、たとえば生きてるときに悪いことをしたり、いいことをしたり、いろんな人いるけれども、桜となって生まれ変わってたくさんの人達に「きれい、美しい！」というふうに言ってもらえるような、チャンスを与えてもらっているのかなとか、そんな想像をしてみたり。でもなんかそういうシーンを感じたときに、「あ、こういう思いを僕は歌にするべきだ」って思ったんですね。

塩沼　今、ここに生かされている自分を考えてみても、何で今、自分があるんだろうとか考えると、お父さん、お母さんがいて、おじいちゃん、おばあちゃんがいて。そのまたひいおじいちゃん、ひいおばあちゃんがいてってたどっていくと、いったい誰にたどり着くんだろうって考えると、もしかしたら、神様とか仏様って、親なのかなって……。そう思いませんか？

堂本　うん。だってもう、存在してくれてなかったら、自分は存在できてませんからね。だから本当に一人でも欠けたら僕は、今日ここにもいないわけですし。

塩沼　ええ。

堂本　今では考えられませんけど、本当に死にたいと思ってね、生きていた時期もあって。でも根性ないし、怖くて死ねなくて苦しくて。で、毎日空を見て、涙を流して。本当の自分で生きたいのに、生きることが許されない。なんかいろんな葛藤で生きていたけれども、うん……。あのときの死にたいという気持ちが、今では何で思ったのか。

塩沼　何であのとき悩んでたのか。

堂本　何で思ったのか？　っていうぐらい、うん。ありのままの自分で生きれば、こんなに悩むことはないのに。

塩沼　はい。

堂本　もっと勇気をもって生きればいいんだっていうことだったりとか。だから、一度死にたいと思った人間が、今、生きたいと思っているっていう、これを自分は体感したので、それを僕は音楽とか歌詞をとおして伝えたいというのがものすごくありまして。

塩沼　行の最中は、死というものが日々隣り合わせで生活している中での解釈なんですけど、人生っていうのは、思いどおりにならないように設定してあるんだな、ということに気が付くわけなんです。やっぱりこう、人っていろんな道があって、つらいこと、苦しいことっていうのは勉強だと思うんです。

堂本　はい。

塩沼　その思いどおりにならない世界から、いかに感謝の心を導き出してくるかなんです。

堂本　そうですね。求めてしまうと苦しくなっちゃうから、求めない精神で。この奈良の大地のように受け入れるということが、自分も奈良人やし、自分にとってそれが一番いいのかなと思ってずっと生きてはいますけれども。

塩沼　はい。

堂本　でもこうやって世界が違う中で、お勤めも全然違っていて。でもこんなにも似てるところが出てくるとはちょっと思ってなかったんですよね。今日はじゃあ、宿に帰ったら、まず、おかんに電話して「めっちゃ似てる人に今日出おうたわー」って言うて。

塩沼　じゃあ私も、宿に帰ったら、母に電話して「めっちゃ似てる人に会った」と。

堂本　アハハハ、じゃあお互い今日は、このあと宿に戻ったら母親に……。

塩沼　電話をするということで。

堂本　はい。

塩沼亮潤＿慈眼寺住職×堂本剛

「今」のはなし

剛の対談後記

今回の対談における僕は、いわゆるホストというか、話を引き出す役割です。でも、せっかくお話しするのなら、迎えるゲストの方の話だけでなく、それに対しての自分の個人的な話が同じテーブルに並んだほうが面白いんじゃないか、というのが自分の中にありまして。どんな方がいらっしゃっても、僕は本音で向き合いたいし、できる限り本音を引き出したい。そこで生まれる何かを伝えることによって、読んだ人の生きるヒントに少しでもなれればいいなと。

とはいえ、最初にお会いしたのが塩沼さんだったのは、僕もビックリでした。いきなりお坊さんと話すんねんや！　と。まあ僕、同級生でお坊さんはいたりするんですけどね。それに、奈良でライブをやり始めてから、お坊さんの友達が急に増えまして。「こないだ行った誰々のライブ、めっちゃ音よかったですわ」とか「やっぱりブラスが入ってるといいですね」みたいな話はよくしている。お坊さんって音楽好きな人、多いんですよ。だから塩沼さんに対しても、堅苦しいイメージは全然なかったし、実際ものすごく話しやすかったです。物腰が柔らかくて、いきなり音楽の話をしてくれたりして。

塩沼さんが修行をされていたのが、僕のふるさとである奈良の吉野山だったということで、そこでお話しさせてもらいました。印象的だったのは、塩沼さんが修行をされていたときの話。苦しいとき、お母様の声だったか、観音様だったかが「見えたような気がした」みたいなことをたしか言わはったんですよ。「観音様が現れた」と断言する言い方ではなく、「人間って極限状態になると、そんなふうに見えてしまうものだと思うんですね」というような柔らかい表現。そこに一人の人としての、人間らしい部分がチラッと見えたんですよね。

ああ、だから僕はこの人と自然と向き合って話せているんだなと思ったんです。たとえば「仏とは」みたいな話を長々と話されたら、「いやいや、僕、お坊さんやないし」としか答えられないじゃないですか。お坊さんであれ、音楽をやっている者であれ、「皆、人間なんですよね」と問い掛けて「人間です」と同じ目線で返ってくる。だから話してて心地よかったんだなって。

僕は、塩沼さんのような荒行をする時間はないし、かつ、あれをやる必要性はなかった人生で。だけど、僕なりにまた違う修行を積んで、違う忍耐を経て、今ここにいる。違う道を歩んできているのに、意外にも似ているところを発見できたのも面白かった。奈良でいい時間が過ごせましたね。

CROSSTALK 02

竹内洋岳

登山家

×

堂本剛

「運」のはなし

標高8,000メートルという未知の世界で起きることに次々と興味が湧く堂本剛。生死をさまよう事故に遭い、仲間の死を受け入れ、「運」だけでは片付けられないという葛藤を抱えた竹内洋岳氏が山に登り続ける理由を探ります。高所恐怖症の堂本が山に登る日が訪れるのか!?

PROFILE

竹内洋岳（たけうち　ひろたか）
1971年、東京都生まれ。プロ登山家（立正大学客員教授、株式会社ICI石井スポーツ所属）。登山好きの祖父の影響から、幼少の頃より登山とスキーに親しむ。高校、大学と山岳部に所属。20歳でヒマラヤ8,000メートル峰に初登山。24歳で8,000メートル峰初登頂に成功する（マカルー、エベレスト南東の世界で５番目に高い山）。その後、酸素やシェルパ（ネパール人現地ガイド）を使用しない軽量装備の速攻登山スタイルで、8,000メートル峰を次々に登頂。2007年、雪崩に巻き込まれて腰椎破裂骨折の重傷を負うが、奇跡的に生還。登山復帰絶望的との声をよそに、わずか１年後には事故にあった山への登頂に成功した。2012年には、世界の8,000メートル峰十四座完全登頂を日本人として初めて達成する（世界でも29人目の偉業）。二児の父親。公式ブログ　http://weblog.houchi.co.jp/takeuchi/

堂本　今日はここヒマラヤ、ではなく、東京・豊洲《とよす》のキャンプ場のテントの中でお話を伺うわけですが。こういうキャンプ場とか、あんまり来られないですよね？

竹内　あんまり目的のないキャンプってしたことがないような気がするんですよね。山登りをするためのキャンプとか、魚釣りするためだったらいいけども。

堂本　そうですよね。

竹内　登山のベースキャンプの場合、テントの布が一枚あるだけですごく安心するんですよ。

堂本　ああ、たしかに登っているときは、ほっと一息つける場所ですからね。

竹内　登山中はベースキャンプにいる時間が一番長いんです。ベースキャンプにはコックさんもいて、ご飯も作ってくれるし、とにかく快適に暮らしたいんですよ。ヘリコプターのおもちゃを持ち込んで飛ばしたり、ビニールのクッションを膨らませると、ほら、裏にはゴッホの名画が。やっぱり部屋には絵を飾りたい。

堂本　えーーー、面白い！

竹内　さらに、秘密基地にしたい。男の憧《あこが》れ、秘密基地でしょ！

堂本　はいはい。男はテントとかこういうところに入ると、自分のエリアみたいなもん、作りたくなりますからね。

竹内　そうなんです。

堂本　ではまず、僕が聞いてみたいクエスチョンとしまして、地上八千メートルの場所の人間

の体の変化といいますか、感覚はどうなっていくのかなって。

竹内　苦しいですよ。

堂本　五千メートルだと、酸素が地上の半分になるんですよね。となると、八千メートルまで上がると、どうなっちゃうんですか？

竹内　八千メートルで、酸素は地上の約三分の一と言われています。八千メートルというと、だいたいエベレストの頂上が二万九千フィートなんですね。二万九千フィートという数字、どこかで聞いたことないですか？

堂本　フィートはありますけども。

竹内　飛行機が飛んでいる高さがだいたい二万九千フィートから三万フィートくらい。機内のモニターにこの数字が見えたら、窓の外の光景が八千メートルの頂上から見る光景。皆さん、想像がつきませんと言いますけど、結構ちょくちょく行っているはずなんですよ。

堂本　いや、飛行機では行ってても、生身ではやっぱり行けませんのでね。

竹内　皆さんが飛行機で行っている高さに、私達は歩いて行っている。

堂本　それがね、同じ人間としまして、どう考えても信じられないんですよね。

竹内　ちょっと想像してみてください。飛行機で二万九千フィートを飛んでいるときに、窓の向こう側に、ひょいっと出されたらどうなりそう？

堂本　たぶん寒いとか、肺が縮む感じとか、毛穴がキューッてなっていくようなイメージとか？　とにかく大変な世界があるっていうイメージですね。

竹内　おそらく人間というか、生き物はとても生きていけないようなところだと思うんです。そこに実際歩いていく。私は酸素を使わずに。

堂本　その酸素を使わずにっていうことが、なおさら信じられないです。本当にすごい。酸素は使いましょうよ！

竹内　でも、せっかく薄い酸素を吸いに行っているわけですから。そこに行ったら、その空気を吸ってみたい。

堂本　どれだけヤンチャなんだろうって、思いますけど。

竹内　どうなるか、試してみたくないですか？

堂本　試してはみたいですけれども。結果、頭の中で何周かして、試したくないになると思うんです。

竹内　もしかしたら、今、ここで私達はこうやって普通に呼吸してますけど、こんなに空気はいらないのかもしれないですよ。

堂本　えー、そうですか？

竹内　だって、実際八千メートルに行って大丈夫なんですから。その環境で曲を作ったりしたら、違う曲が生まれるかもしれない。

堂本　ああ、そういうことを言われると、ちょっと心揺らいじゃうんですけど。「じゃあ、今から行きましょうか」っていう感じには、なかなか無理ですけど。

竹内　要は人間の体の中に、そういう薄い、少ない酸素でも生き延びていこうとする潜在能力があるんですよ。もともと生命が生まれてから、地球はもっと酸素濃度や気圧が低かった時代を経験しているんですね。私達の体は、もしかしたら地球は、将来もっと薄い酸素の世界になってしまうかもしれないと思って、過去に生き延びた能力を体の中にとってあるんだと思うんです。

堂本　なるほど。その潜在能力といいますか、人間が体で覚えている部分だったり、なんとか環境に順応して行こうという力があると。

竹内　そう。

堂本　僕は高所恐怖症なので、おそらく僕が登ると、高さのことを気にしたり、酸素薄くなってきてんけどとか、めっちゃ寒いとかいろんなこと考えそうなんですけど。実際、竹内さんは山を登るとき、何を考えて登らはるんですか？

竹内　想像している。

堂本　考えるとかじゃなくて、なんか想像する？

竹内　もちろん、頂上に立っている自分も想像してますけど、死んでしまうことも、いろんなパターンを想像するんです。

堂本　パターンがいっぱいあるわけですね。

竹内　それをいかにたくさん想像できるかどうかを自分で競っていくわけ。たとえば、一歩踏み出した先に何が起きるかっていうのを、いかに多方向に、多重的に想像できるかっていうのを自分で競うんです。

堂本　なるほど。

竹内　その想像を繰り返すことで、私達は危険を回避しているんです。

堂本　予測ではない想像なんですね？

竹内　予測ではない。

堂本　自分もライブをやるときに、想像することによって、自分が立つかもしれない未来というものに、一度旅に出るんですよ。本当にそのイメージですよね。

竹内　でもきっと、音こそが想像じゃないですか。

堂本　たしかに、そうですね。

竹内　想像した音が実際の音になるんだと思うんです。それと同じように、私は山に限らず、すべてのものの始まりは想像だと思う。

堂本　イマジネーションの力というものを最大限にフル稼働させて、とにかく目的地にたどり着くんだと。

竹内　山の場合は、よく頂上に立つと終わってしまうようなイメージがあるんですけど、頂上は到達点でもなければ折り返し地点でもない。単なる通過点でしかない。ベースキャンプであれば、ベースキャンプから登り始めて、ずっと登り続けて、頂上を通過して再びベースキャンプに下りて来たとき、私は自分の登山の輪がふっと閉じるような気がするんですよ。

堂本　サークルですね。

竹内　ええ。その頂上の場所というのは、その輪っかのどこにあるかわからない。登っている最中は、その輪の大きさがどれくらいなのかもよくわからないんです。

堂本　はい。

竹内　八千メートルの頂上というのは、そこが一番危ないところなわけですよね。山で一番高くて、一番空気が薄くて。そこは生命感が何もないところですから。頂上に到達したとき何を思うかっていうと、これ以上登らなくていいんだという安堵《あんど》感ももちろんあるけれど、次の瞬間には怖くなってくるんですよ。

堂本　怖くなってくる？

竹内　うん。早く帰りたいって思うわけ。

堂本　僕のイメージだと、ちょっと浸っていたいと思うのかなと。でも恐怖心みたいなものが一気に襲ってくるっていうことですか？　察知するんですかね、感覚で。

竹内　早くそこから逃げろっていうふうに、体の中に湧き起こってくる。

堂本　すごい不思議な話ですね。

竹内　頂上にタッチして、写真撮ったりいろんなことしなくちゃいけないんですけど、すぐ下り始めるんです。

堂本　なんか勿体《もったい》ないと思わないんですか？　あれだけ苦労して、あんな思いをして登ったのに、もうちょっとっていう感覚は、あんまり生まれないんですね。

竹内　たしかに眺めはいいですけれども。本当にそこは生命感がなくて、人間がいることがあまりにも不自然で。それは深い湖に息を止めてブクブクブクって潜っていって、その深い底に触れて、息が続くうちに水面まで戻ってきたいっていう思いと同じだと思う。

堂本　そっか。そのあたりは、誤解してました。

竹内　頂上にいる時間は、わずか数分。次に登ってくる人を待つために長い時間いたこともあるんですけど、基本的には十分とか。

堂本　十分！　でも、酸素は持ってないんですもんね。

竹内　何にも持ってないですね。息を止めてそこにいるような感じなんですよ。でもそれはわずか数分ですから。そこが私にとって登山のすごく重要なところとは思えない。

堂本　重要なところとは思えない？

竹内　もちろんすごく重要ですけど、その前と後の一瞬とどう違うのかと言ったら、私は同じだけの重要性しかないと思う。

竹内　よく山を横から見ますよね。（両手を三角にあわせて）山がこうそびえていて、これを横から見ているんだと思うんですよ。そうすると、裾野があって、頂上があって、また裾野があると。尖《とが》ったここは一番高いところっていうイメージがあると思うんですね。だから、山に登ると、頂上で万歳！　みたいな感じで、ここがピークだと思うんだろうけど。でも、私は、山を上から見たいんです。

堂本　上から見たい？

竹内　地図と同じ。自分は上から、空から山を見たい。

堂本　これ、例えとして間違っているかもしれないですけど、僕は魚がそうなんです。

竹内　魚？

堂本　魚、上から見たいんです。

竹内　ああ、わかります、その気持ち！

堂本　だいたいの人は横から見ちゃうんですけど、上から見ると綺麗《きれい》なんです。

竹内　模様があってね。

堂本　カッコいいんです。魚の醍醐味《だいごみ》は上なんです。

竹内　私もね、魚釣り好きなんですけど、魚は上からですよね。

堂本　上なんです。なるほど、こいつはこういう感じで前進していくのかっていうか。背骨の流れとかがわかるので。
竹内　そうだと思います。
堂本　山も上から見れば。
竹内　そう、上から見ると、山の姿が見える。
堂本　全貌《ぜんぼう》が明らかになる、と。
竹内　横から見るとその一面しか見えない。だけど地図を見るのと同じで、上から見ることで山というもの頂上が、すべてではないことが感じられると思うんですよ。途中で止まっちゃうと登山にはならない。おそらく音楽も同じで、音を発し続けなくては、曲にはならない。
堂本　そうですね。止めてしまうと、終わってしまいますからね。
竹内　音を発し続けて、ここだ！　聴かせたい！　ってところにたどり着いて、そのあと、もしくは振り向くように音を続けていくことで曲になっていると思う。山も同じようなもので、登り続けていかないと頂上にたどり着かないし、たどり着いてもそこで終わりじゃなく、また歩き続けて下りていかないと、次の山に行けないわけ。次の曲が始まらないわけ。

堂本　なるほど。始まらないですね。本当に作曲みたいなものなんですね。このフレーズいって、こういって、ここでサビにいって。

竹内　なるほどね。サビが頂上だっていうか。

堂本　すごいですね。今のすごくわかりやすかったです！

竹内　次の山、楽しそうじゃないですか。今度あそこに行こう！　きっとそれは、今度こんな曲をやろう！　というのと同じことだと思うんです。私は好きな山、好きな山に登り続けていきたい。そのためにはちゃんと下りてこないと、登り続けられないですね。

堂本　本当そうですよね、そっか、面白いなあ。

堂本　そうやって数々の登頂されてきた「経験」というものがあると思うんですが、山は経験がものを言う世界だと思いますか？

竹内　私はできるだけ前の経験は持ち込みたくない。なぜなら、山は全部違うはずなんで、前の山の経験を持っていて、合うはずが本来はないんです。

堂本　本来はないんですね。

竹内　ただ、それを乗っけてやると、ラクだろうなとは思うわけですよ。だけど、それはすごく危ないことだし。前はこうだったから、こうなるはずだとかってなったら危ない。

堂本　決めつけちゃう部分もあるし。

竹内　さらに、経験が積み重なることで、楽しむ量が減るような気がするんです。出来ればゼロから、ゼロどころかマイナスから始めたい。ようやくスタートラインに立っていくくらいのほうが、もっといろんなことが想像できるような気がするんですね。もちろん、経験が知識になることはあるとは思いますけどね。

堂本　たしかに同じ箱のステージに入ってライブをやるとき、去年ここでやったときこんな感じやったから、こんな感じでなんとなく音を合わせて――というリハーサルの仕方をしちゃうと、実際本番でステージに立ったら、今日は音、全然伸びひんかったなってことはありますね。同じ場所でもちょっとした湿度とかで音は変わるので、それが面白い醍醐味でもあるなと想像してるんですけど。山もそうなんですね。

竹内　そう。日によって違うかもしれないし、一緒に行く人によっても違うかもしれない。全部が予《あらかじ》めわかっていたら面白くないと思う。たとえば、今回私が登ったネパール北部のダウラギリという山も、もし私が行って必ず登れるというのであれば、別に登らなくてもいいやって思うわけ。

堂本　そうですね。言われてみれば。

竹内　登れるかもしれないけど、登れないかもしれない。じゃあ、登れないんだったら、どうやったら登れるかって考えるのが面白い。

堂本　なるほど。でも山だと自然が相手じゃないですか。今までの一番大きなトラブルというか、ご自身の中で体感されたことについてお伺いしてもいいですか？

竹内　今まで登った山で、予定通りにいった山って一つもないんですよ。必ず何かが起きる。必ず。そういう意味ではどの山も私にとっては特別ですし、どの山もてこずったゆえに印象深くて、すごく愛着があるんですね。ただやっぱり一番大きな事故というのは、二〇〇七年のパキスタンにあるガッシャーブルムのⅡ峰という山に登りに行ったときです。パキスタンのバルトロ氷河という山のあるエリアは、何度も行っているんですけど、そのときは私が行った中でも本当に天気が悪くて。

堂本　悪天候だったんですね。

竹内　本来だったら、夏なのでもう日差しが出ていなきゃいけないシーズンだったんですけど、嵐が続いて雪がずっと降っていたんですね。そのときは国際公募隊といっていろんな国の人が集まった登山隊で、日本人は私だけだったんです。でも登山ができなくて、みんな休暇が終わっちゃったり次の予定があるっていうんで帰り始めちゃうんですよ。

堂本　あきらめて帰ろうと。

竹内　登山のメンバーも最初十何人とかいたんですけど、結局残ったのは私を入れて四人だけ。それでも粘って、明日から三、四日天気がいいという予報が来たんで、頂上に向かって行ったわけです。キャンプ1を越えて、キャンプ2、そこから標高七千メートルのキャンプ3に入ろうとしたとき、私は先頭で登っていたんですね。標高はたぶん六千九百メートルくらい。ちょっと大きめの斜面に入っていくところで、傾斜が五十度くらいですかね。五十度って、けっこう急なんですよ。

堂本　急ですよね。

竹内　雪はそんなにまだ深くなくて、十分、私は時間をかければ登って行けるだろうと判断をしたわけです。で、登って行ってしばらくしたら、私の二メートルくらい上のところで、雪がちょっとグスって動いたんです。でも、これは珍しいことじゃなくて。

堂本　よくあるんですか？

竹内　うん、ときどき雪が落っこちてくることが。私はそれかなと思ったわけです。ところが次の瞬間、音でもない、震動でもない、山全体がグッと沈み込むような感触がして。あれ？って思った瞬間、バランスを崩してゴロリンゴロリンみたいな。カーペットの上に立っているときそのカーペットをぐって引っ張られたような感じで、バランスを崩したわけ。その時点でも、ちょっと転がって雪に埋まっても「あー、びっくりした」と出てこられると思ったんだけど、自分が落ちていく加速度と、動いていく時間を頭の中で計算していくとはるかにそれを超えてしまっていて。その瞬間、あ、雪崩なんだと思ったんです。

堂本　！

竹内　もうどんどん加速度的にスピードが上がっていって、体は空中を落ちている感じで、ときどきどこかにバーンと打ち付けられる。で、打ち付けられたときに、意識がふっと遠のくわけです。だけどここで意識を失ってしまったら、止まったときに出てこられないから、いい体勢で出てこられるようにと思って、身構えているわけです。

堂本　すごい。

竹内　だけど、またバーンってどこかにたたきつけられて、空中に放り出されて落ちていく感じがあって。そこは今朝、自分達が登ってきたルートですから、あそこで平らなところがあったから、そこで止まるかもしれない。

堂本　落ちてるときでもそういう計算をしているんですね。すごいなあ。

竹内　ところが、あっ、あそこを越えた。次は、ちょっと氷のブロックみたいなところでそこに窪《くぼ》みがあるから、あそこで止まるんじゃないか。意識を失いそうになりながらも、頭の中ではあそこで止まったら、雪から這《は》い出ようと身構えているけど、止まる様子がない。

堂本　ない……。

竹内　あとはもう谷の奥のほうに落ちるなあと。非常に冷静に、これはもう止まらないなっていうふうに想像ができるわけです。家族のことも思い出しましたし、飼っている犬のこともちょっと思い出したりしながら、次の瞬間には怒りが湧き上がってくるわけ。

堂本　怒りですか？

竹内　こんなところで雪崩に巻き込まれるなんていうのは、自分では想像できなかった。それが悔しくてしょうがなくって、すっごい腹が立った。

堂本　その状況で普通なら、恐怖心かなって思うんですけど、怒りなんですね。

竹内　怒りです。結果的には標高差にして三百メートル落ちたんです。三百メートルといったら東京タワー一個分ですよ。さらに雪崩ですから、少し傾斜がありますから、それなりの時間があったんだと思う。その時間の中でいろいろ考えたと思うんですね。

堂本　最終的には、どういう状況で体は止まったんですか？

竹内　おそらく途中で意識を失って、次にハッと意識を取り戻したとき、目の前が真っ暗だった。

堂本　真っ暗？

竹内　雪っていうのは、もし目の前に雪をかけられたなら、浅いところであれば少し光が通ってくることがあるんですよ。でも、目の前は真っ暗で、どこも体は動かない。

堂本　わー、怖いな。

竹内　これは雪のすごく深いところに埋まってしまったということがわかるわけです。でも雪は少し空気を含んでいるので、しばらくは息ができる。場合によっては十五分くらいなら生きている可能性があるので、早く掘り出してあげましょうという知識とトレーニングを私達は普通持っているわけです。私はそのとき目の前は真っ暗で、体はどこも動かない。雪深いところに埋まってしまった。しかもヒマラヤですから、誰も助けになんか来てくれないわけです。仲間もどうなっているかわからないわけですから。自分はこのまま死ぬまで十五分もかかるのかと。そうしたら、死ぬのに十五分もいらないって、また腹が立ってくるんです。

堂本　…………。

竹内　腹が立って暴れて、きっと「わー！」とか言ってたんでしょうね。そしたら左手がフッと動いたような気がして。左手が雪から出てたんですよ。

堂本　え、出てたんですか？

竹内　暴れたときに雪からちょっと出たんだと思う。だけど、顔は雪の中で下を向いた状態で、あっ、手が出てる！　って思ったら、今度は息ができないことに気が付くわけ。

堂本　えー、そのとき初めて？　すごい順番ですね。

竹内　水の中で溺《おぼ》れると口の中に水がいっぱい入っちゃうように、雪の中で溺れている状態ですから口の中に雪が入り、カチンカチンになって息ができないわけです。苦しくて、反射的に口がある方向を一生懸命掘るわけですよ。でも届かない、息ができないと思ったら、口の中に入っていた雪が体温で少し溶けて、水が溜《た》まってきた。その水をゴクンと飲んだら少し隙間ができて、少し息ができたんです。あ、これまだいける！　と思って、さらに一生懸命、口があるところを掘るんですけど、結局届かなくて。もういいや、寝ようかなって感じになったとき、誰かが来て私の出ていた手と足をもって雪の中から引っ張り出してくれたんです。

堂本　はぁー、すごいですね。
竹内　そのときはまだわからないことでしたけど、背骨が一本、ぐちゃっと潰《つぶ》れたような状態で。引っ張り出されたときに、あまりの痛みに絶叫して、錯乱状態で「いいから助けないで、放っといてくれー」っていう状態でした。
堂本　そんな体験をした今、「運」というものをどんなふうに捉えてはるんですか？
竹内　私はいろんな人に助けられて、寝たきりの状態でヘリに乗せられ、飛行機に乗せられ、日本に帰ってくるんですね。そのとき私は助かりましたけど、仲間四人のうちの二人は死んでしまったんです。本来は私も死んでおかしくない状況だったと思う。
堂本　はい。
竹内　日本に帰ってきて、腰椎《ようつい》骨折の手術を受け一か月弱入院してたんですが、その間にお見舞いのお客さんがいっぱい来るんですよ。皆が雪崩の話を聞きたいんですよね、珍しい話ですから。そうすると必ず「お前は運が良かったな」と言って帰るわけ。
堂本　あっ、おっしゃいますか、皆さん。
竹内　うん。それを何回も毎日毎日繰り返してるとだんだん、雪崩が起きることも見抜けずに、こんな大怪我をしていろんな人に迷惑をかけて、そして仲間が死んでいる話をしている自分にすごく嫌気がさしてくるわけ。私は運が良くて助かったのならば、私のすぐそばにいた、最後に顔を見つめ合わせたあの二人は、運が悪くて死んでしまったのかと思うわけ。

堂本　そうですね。

竹内　私は「運」で二人の命を片付けるつもりはない。自分も運が良かったから助かったというようなつもりはない。だってあれは、あそこにいた人達が、自分の命をも投げ出して、私を助けてくれたから助かったんであって、運が良くて助かったわけじゃないんです。私にとっては、山で運の良い悪いは、ない。必ずそこには何か理由があって、そして、それをかわすだけの最善の努力をしなきゃいけないと思うんです。確かに人知を超えた予測不可能な大きな雪崩だったかもしれないですけど。でも、私はもっと何かあったんじゃないか、あの二人を死なせずに済む方法がどこかにあったんじゃないかって、今でもときどきそれに思い浸るんです。きっと答えなんかは出ないかもしれないけど、何だったんだろうって、ずっと考えていくしかないんだと思うんですよね。

堂本　「運」という言葉もそうですけど、その答えってやっぱり出せないものだと思うんですよね。それで僕がたまに考えることがあって。人間はなぜ寝るんだろうっていうことをよく考えるんです。眠いから寝るんですけど。もしかしたら、命がいつか消えるときの、その準備をしているような気もする。

竹内　なるほど。それは面白い考えですね。

堂本　天井を見つめて目を閉じる。その目を閉じるときに、家族だったり、すべてのものに対して感謝をして、一日をどれだけ終えられるか。僕は朝起きたときも寝るときもそうなんですけれども、感謝をするってことをナチュラルにやるようにしているんですね。特に重たくもなく軽くもなく。呼吸するかのように、素直な感覚でやるようにしているんです。

竹内　その寝る話は面白いですね。確かに私も、雪崩でダメかってときに、なんか寝ちゃおうかな、みたいな感じだったから、おっしゃる通りですね。

堂本　やっぱり「運」というのは人が考えたもので、たとえば恐怖だったり悲しみだったりを克服するためや、何か答えを導き出すために用意された言葉なのかなって。

竹内　そうかもしれませんね。

堂本　事故のあと、竹内さんの中にある命の捉え方というのは、何か変わりましたか？

竹内　変わりましたね。あのときの事故の様子を聞くと、私は助からないんですよ。だけど、あそこにいたいろんな国の人達が私を助けてくれた。おそらく、あの人達一人でも欠けたら、私は助からなかったと思うんですよ。あそこにいた人達から、ちょっとずつ命を分けてもらったような気がするので、ひとりひとりに本当はお礼が言いたい。言葉も「ありがとう」だけでは言い尽くせない。じゃあ、どうしたらいいか。彼らは山で出会った山の仲間達であり、山でもらった私の命は山で使おうと。私は翌年もう一回、その山に登り直しに行くわけです。

堂本　そこがすごいですよね。本来ならば不安がよぎったり、恐怖心が勝ってしまって、僕だったらやめるほうを選択してしまいそうな気がするんですけど。

竹内　翌年の登山に行けるように、リハビリをしていきました。とにかく一歩でもいいから踏み出して、次の一歩、その次の一歩と踏み出していって、せめて事故があった、雪崩に巻き込まれたその場所までは這ってでも行こうと思って。

堂本　いや、すごいなあ。その場所に立ったとき、怖かったりしませんでしたか？

竹内　正直言うとね、ガッカリしたんです。

堂本　ガッカリした？

竹内　すごく身勝手だったんですけど、雪崩に巻き込まれたところに這ってでも戻りさえすれば、何か見つかるかなっていう期待があったんです。あのときのことを、最後に見た仲間の顔をもっと鮮明に思い出せるとか。ところが行ってみると何もない。別にそこに来たからといって、事故がなかったことになるわけでもないし、死んだ二人が帰ってくるわけでもない。何にもないんです。あまりにも何もなくて本当にガッカリしちゃって、そこにいるのが苦痛になってきて。だからこそ、私はそこから上に一歩踏み出して頂上に到達したんだと思う。山登りは自分で登って自分で下りてこないといけない。頂上に立とうが、立つまいが、ちゃんと最後に下りてこないと途中でリタイアはないんです。

堂本　そうですね。

竹内　あの雪崩に巻き込まれた事故というのは、自分の足で下りてきてない。私の登山におい

て、自分の足で下りてきてないのに助かっていることが、私にとっては許せない。だからこそ、本当に自分勝手な決着のつけ方ですけど、頂上からまた自分で下りてきたんですね。

堂本　雪崩にあった場所に行って、何もなかったからこそ、前進することもできた。何か本当にナチュラルに生きてらっしゃるっていうか、命の最大限を使っているというか。すごいなあ。そんな思いをしてでも山を登る理由って何ですか？

竹内　それは面白いからですよ。

堂本　面白いから。その一言に尽きる？

竹内　ゾクゾクしますね。頂上って、場所によってはこれっぽっちしかない山もあるわけですね。そこに登りたいっていう人が世界中から集まってくるわけです。そこで私達は、その人達に出会うわけ。やはり山っていうのは、人を結びつける力があるとも思いますね。

堂本　なるほど。人をつないでいく場所ですか。では最後に、竹内さんにとって「命」というものはどういうものですか。

竹内　生命とか、運命とか、天命とか、いろんな命がありますけど、それをひっくるめたのが、漢字一文字で書く「命」だと思うんですよね。山登りができなくなってしまったら私はきっとすごくつらいと思うんですよ。いわゆる選手生命を絶たれるわけですね。でも人間としての生命はあるわけです。堂本さんも生命としての命を持っていて、生きながらも音楽ができなくなる、音楽生命が絶たれるようなことがもしあったら、すごくつらいと思うんです。

堂本　つらいですね。

竹内　音楽生命という命と、人間として生きている生命というのは、別だと思うんですよね。それと同じように、人にはいろんな命があると思うんです。一つじゃなくて、いろんな命があって、それを全部ひっくるめて、私達は簡単に「命」と言ってると思う。私は「命」って一文字は、ゼロみたいなものだと思うんですよ。

堂本　数字で言えばゼロだと？

竹内　このゼロの中に、私はすべてが含まれているからゼロだと思うんですね。インドの人達が考えたと言われているのがゼロですけれども、ゼロっていうのは、何もないけど、何もかもがあるっていう状態だと思うんです。それがその「命」という一言だと。

堂本　なるほど。そういうことだと。納得しました。

竹内　息をしなくなったときが、命が途絶えたときだと思うかもしれないですけど、生命としては生きてはいるけれども、自分が何をすべきか見失ってしまっている人もいるかもしれない。それは果たして「命」という一つの言葉で、ひっくるめて説明できるかっていうと、説明できないような気がするんですよね。

堂本　なんか今日お話を伺って、すごく世界的な感性というか、いろんな感性を本当に持ってはるんですけれども、日本人の繊細な部分を追求して、ナチュラルに生きてはる感じはすごくしました。ゼロが命だっていう感覚ですかね。音楽をやっていると、無音っていう音もありますから。無の中にも何かが生きているんだっていうようなことをよく感じながら、静寂に対しても愛情が湧いてしまうんですね。非常に納得のいく面白いお話でした。もしこれから僕が山を登るときがあったら、竹内さんのいろいろな言葉を思い出します。まあ、僕が登る山は本当に小さな一つくらいかもしれないですけど。

竹内　とりあえず一緒に行ってみます？　誘ったら行きます？

堂本　え、どれくらいの高さかによりますよ。八千メートル行こうぜ！　と言われてもちょっと……。

竹内　山は高さじゃないですよ。高さというのは人間が勝手に測って、標高を決めているだけなので。低くても難しい山はあるかもしれない。山は高さじゃなく個性なんです。穏やかな個性もあれば、厳しい個性もある。

堂本　そうか、確かにね。

竹内　音だって、人間が勝手にドとか、レとか、ミとか言っている話で、あれは別に、音本人はドだとは思ってないと思うんですよ。

堂本　たしかに音本人は思ってないかもしれないですね。

竹内　山はただの地球のでっぱりなのに、そこに人が愛着を持って勝手に名前を付けたり、登ることによって、ただの地球のでっぱりがいろんな歴史やドラマを生んで、個性を増していった。音も本来は勝手に鳴っているものかもしれないけど、堂本さんがコレとコレとコレって集めて組み合わせることで、魅力的なものになるのと同じじゃないかなと。山は高さじゃないし、音もきっと、ドとか、レとかじゃないんじゃないですか。

堂本　なるほど。山はただの地球のでっぱりね。

竹内　山、行ってみますか？（笑）

竹内洋岳_登山家×堂本剛

「運」のはなし

剛の対談後記

山の頂上はあくまでも通過点。頂上は空気が薄く生命の危険にもつながるので、あっという間に下山されるとのこと。えっ、頂上に行くことが登山の目的ではないの？　景色とか見て楽しまないの？　登山家の竹内さんの話は、僕が想像していたものとまったく違っていて、とても興味深かったです。

雪崩に巻きこまれて、少しの空洞が開いていたことで呼吸が確保できたとか、いろんな偶然が重なって仲間に見つけてもらい生還されたこととか、お話を伺っていると、奇跡なのか、ご本人の力なのか、「運」なんて言葉では片付けられない、いろんなものが絡み合って人は生きているという印象を受けました。

僕の生活の中ではまず考えないようなことを考えて生きているんだけど、それは魅了されるものが僕とは違う山であったからというだけのことで、竹内さん自身はとてもナチュラルに生きてはる。何かを「成し遂げる」という意志や力はものすごく強い方だなと思いました。僕はあまり持っていない力なのかな。僕は、もういいかなと思ったら、もういいか、なんで（笑）。

最後「一緒に登りますか？」とも言ってくださいましたけど、たぶん登らないです。将来も。僕、高所恐怖症なので（笑）。あんな高度何千メートルみたいなところに行ったら、絶対、足がすくんでしまうと思うし。

山登りといえば、以前、うちの母が体調を崩したときがあって「奈良に健康の神様がいて、おばあちゃんが昔よう行ったな」という話になったんですね。「じゃあ、一緒に行こうか」って行ったんです。お母さんが健康になりますようにと手を合わせて。そしたら、その神社の御神体というのかな。そういう山があって、母が「この山、登りたい」と言うんですね。「剛とやったら登れそうな気がする」って。山なんて登ったことないのに。退院したばかりで、体調だってそんなよくないのに。

片道一時間半くらいの穏やかな山なんだけど、やっぱり心配でね。「やめたほうがいいと思うよ」と僕は言ったんだけど、結局、二人で一緒に登りました。自分を育ててくれた人の手を取って、先頭を切って登っていくという、独特の空気感の中で登る山。この年になると、母親と手を握ったりするのって恥ずかしいとかあると思うんですけど、そんな感じも特になく、一緒の時間を過ごせたことが、僕の中にとても残っていて。

竹内さんのお話を伺いながら、ふとそんなことも思い出していたのでした。

CROSSTALK 03

狐野扶実子
料理プロデューサー

×

堂本剛

「命」のはなし

KOKORO NO HANASHI

TSUYOSHI DOMOTO

世界のセレブたちを虜にする出張料理人、狐野扶実子氏が作るのは一皿のスープ。スープの中に素材の命を感じとった堂本剛は、その原点を探ります。素材との対話、シンプルな作業から見つめ直すことで見えてくるのは、「命」に対する感謝の気持ちと料理への情熱でした。

PROFILE

狐野扶実子（この　ふみこ）
1969年、東京都生まれ。料理プロデューサー。大学卒業後、パリに留学。帰国後、夫の転勤に伴い再渡仏する。そこでパリの名門料理学校「ル・コルドン・ブルー」に入学。同校を首席で卒業後、ミシュラン三つ星の名店「アルページュ」に掃除当番として勤務を開始する。わずか３年で副料理長に昇格し、独立後は出張料理人として活躍。元仏大統領夫人をはじめ、世界中のVIPを魅了する。2005年には、パリの老舗「フォション」で東洋人として初めてエグゼクティブ・シェフに抜擢される。現在は料理学校の講師を務める傍ら、イベント向けのメニューや機内食のレシピなどを開発する料理プロデューサーとして活動中。主な著書に『狐野扶実子のおいしいパリ』（文化出版局）や『LA CUISINE DE FUMIKO フミコの120皿』（世界文化社）などがある。最新刊は『世界出張料理人』（KADOKAWA）。

堂本　狐野さんの作られた「ミロのスープ」、美味《おい》しくいただきました。

狐野　「ミロのスープ」は根セロリの白いスープで、黒い部分は黒トリュフ、黄色い部分はバターナッツでできていまして。ひとさじひとさじで模様も変わって、絶対に同じ味が最後まで続かないいんですよ。

堂本　一口一口が絶妙なバランスで変わるので、本当に驚きました。スプーンの上で絵を描いたような感じになったり、器に残っているスープも絵になっていたり。楽しみながら飲めるっていう、おもてなしもあるんですね。本当に美味しい！

狐野　ありがとうございます。

堂本　狐野さんは料理を出張でやられているということですけれど、どういったところへ出張されるんですか？

狐野　始めたのはパリに住んでいた頃なので、パリ市内とかヨーロッパもそうなんですけれども、アメリカ方面にもスーツケースに包丁を入れて行きました。

堂本　カッコいいですね。包丁持って、スーツケースに入れて、颯爽《さっそう》と街中を歩いていらっしゃるわけですから、どこかのスパイなんじゃないかみたいな（笑）。

狐野　警察の人にチェックされたこともあります（笑）。

堂本　アメリカ方面というと、たとえば、どんなところですか？

狐野　カナダのモントリオールから車で三時間ぐらいの田舎で、二週間、二十五人分、昼夜一回も同じメニューを作っちゃいけないっていう仕事に行ったことがありまして。

堂本　ほぉー、一回もですか。

狐野　お客さんもインターナショナルで、いろんな国から来ている人達で。でも一回も同じものを作らないで二週間二十五人分というのは難しくて。引っ越し荷物を運ぶような大きいトラックで、街まで、二週間分の食材を買い出しに行ったことがありましたね。

堂本　向こうの方って、ちょっとしたルーズさというか、そういうのってあるんですか？　僕は奈良出身なんですけれど、奈良タイムみたいなのもあるんですよ。奈良の人はえらいのんびりしているんで。

狐野　ありますね。それを一番感じたのは、ギリシャのアテネに出張料理に行ったときなんですけれど、夜の九時からご飯が始まるっていうことだったんですね。

堂本　九時から？

狐野　でも実際始まったのは十一時過ぎ。誕生日パーティーだったのでお客さんが皆さんプレゼントを持ってくるんですが、そのプレゼントが何故かお洋服。それからファッションショーが始まりまして。ずっとスープを温めながら二時間、待っていた思い出があります。

堂本　すごいですね。僕がライブやります！　と言って、僕はスタンバイ出来ているけれど、お客さんが全然来ないから、二時間ぐらい遅れて始めます、と言うようなもんですよね。その時間に目がけてスタンバイしてセッティングして。味も保てないでしょうし。

狐野　やっぱり料理はちょうどいいタイミングで出したいんですよね。そのお宅にしかない時間の流れに合わせてなので、ドキドキしながら調理場にいることはよくありました。

堂本　そもそもフランス料理との出会いは、どういったところから始まったんですか？

狐野　フランスに留学したことがきっかけですかね。でもフランス料理は日本でも食べたことがあるのかないのか、それがフランス料理であるのかどうかもわからないものくらいしか、私は食べたことがなくて。

堂本　フランス料理に行こうっていう感覚は、なかなか日本ではないですもんね。

狐野　そうなんですよ。特別なものみたいな感じがしてましたし。もともとはフランスに語学を勉強しに行ったんですよ。

堂本　最初は語学なんですか？

狐野　はい。当時はレストランより大学の食堂で食事を取っているほうが多かったんです。でもそこにあるニンジンのサラダだったり、ただ焼いただけの肉にフライドポテトがついていたり、デザートがヨーグルトだったりするんですけれど、そのひとつひとつの味がすごく感動的で。フランス人が日常食べているフランス料理との出会いは、そのときが初めてでした。

堂本　僕も以前、フランスに行ったことがあるんですけど、何かひとつひとつが、めっちゃ美味しいねんけど！　みたいな、素直な喜びが連続であったんですよ。ひたすらパンが美味しく

て、パンをずっと食べちゃっていたりして。何なんでしょうかね。フランスっていうか、パリの人とかが、食に対する探究心が半端でないんですかね。

狐野　そうでしょうね。たぶん食べるのが好きっていうことがもとになっていて。

堂本　街中で、今日は一日じゅう、音楽鳴らしていいですよ！　みたいな日があったりするじゃないですか。

狐野　ありますね。

堂本　僕、たまたまそういう日にも当たったんですよ。表現の自由というか、興味あるものに対して探究心を燃やしていく人たちをバックアップしますよ、みたいな雰囲気がある街なんだなと思って、僕は過ごさせてもらったんですけれど。その語学留学をしていたところから、どのタイミングで料理に入っていくんですか？

狐野　二年間、語学の勉強をして日本に帰ったんですけど、急に結婚することになったんです。相手がフランス駐在ということで、また行くことに。そこから料理の学校に行きました。

堂本　じゃあ、パリに旦那《だんな》様が住んでいらっしゃらなかったら、運命は違ったんですね。

狐野　違ったと思います。料理学校に行ったのも、将来料理の仕事をしようとか、レストランを開こうとか、そういうはっきりした目的があったわけではなく、フランス料理そのものをどうやって作るのかなという興味ですよね。ただ、たまたま「アルページュ」というレストランに食べに行ったとき、すごく懐かしい感じがしたんですね。それで、どうやってこの料理ができているんだろうって興味がわいて。ダメ元でお願いしたら、ちょうどそのレストランで掃除当番が必要だったんでしょうね。掃除当番として入ったんです。

堂本　すごいなあ。興味とか好奇心があっても、見知らぬところに踏み込んでいく勇気っていうか、怖いじゃないですか。ドキドキしたりとか。

狐野　でも私にはこれしかない！　これが見たいんだ、これがやりたいんだ！　と思っちゃうと、もう他のことはどうでもよくなってしまって。

堂本　突き進んでいってしまう？

狐野　そうですね。

堂本　日本人だと、イノシシ年の人って言いますよね（笑）。

狐野　まさにそんな感じです（笑）。

堂本　僕はもう、石橋をたたきまくって、割ってしまうときがあるぐらいなんで。

狐野　（笑）。そうなんですね。

堂本　そのあとはどうなっていくんですか？

狐野　最初は本当に掃除当番で、そのあとデザートを作るところに配属されまして。パイナップルのローストというデザートを作る係になったんですけど、私が入る前まで、そのデザートがなかなか成功しなかったんですね。難しいからではなく、パイナップルをひたすら一時間半ぐらい焼くので、ちょっと目を離すと焦げちゃうんですよ。それを成功させて、そのあと前菜の係になり、次は野菜に行き。そしたら、二日目で野菜の担当が辞めちゃったんです。それで、野菜のメインの担当になり。そうやってひとつひとつ。

堂本 それって、会社とか組織で考えても、なかなかないですよね。異動したからといって、仕事が認められないといけないし。それで、三年で副料理長になって、最終的には元大統領のシラクさんの奥様にディナーを作るところまで行っちゃうんですもんね。すごい!

狐野 たまたまですけどね。

堂本 それはご自身の中で「運」ですか? それとも、自分の「嗅覚《きゅうかく》」ですか。

狐野 いや、「嗅覚」はまったくないと思いますけれど。今、思い起こすとタイミングだったのかなって。こういう仕事に就くとは思ってなかったですけど、興味があったから料理学校へ入ったこと。それと、結婚してなかったらフランスには戻っていなかったということ。

堂本 その二つは大きいですね。

狐野 人との出会いは大きなポイントになっていると思いますね。

堂本 たしかに、人との出会いっていうものに、ただただ従うのではなくて、その人を愛することだったり、理解することだったり、あるいは感謝することだったり、そういうことの連続

ができる人は、そういった道を確実に歩いていけるんじゃないかなって、僕はいつも思っているんです。狐野さんも、そういう方なんじゃないかなと思いました。

狐野　ありがとうございます。

堂本　何度も言ってしまうんですけど、「ミロのスープ」、楽しかったです。ご飯を食べて、楽しかったっていう感覚は、振り返ってみると僕自身あんまりないんですよね。今日のスープは、ちょっと大げさに言っちゃうと、何か生き物っぽいというか、生き物が体の中に入ってくるような感じがして。ああいった素材は厳選されていると思うんですけど。

狐野　私が働いていたレストランでよく言われていたことで、「素材と対話をする」という表現があるんですね。

堂本　素材と対話をする？

狐野　私が調理場で鶏《とり》を丸一匹焼いていると、シェフが入ってきて、「あなたの焼いているその鶏と話をしたか」って、そういう質問をいつもされていたんです。鶏との対話っていうのは、その食材を見て、五感をフル活用しなさいってことですね。お肉だったら、お肉が焼けている音、香り、焼き加減の色、あと触り加減だったり。そういうのを全部使って焼くのが美味しく焼くということだと。たとえば、ここにリンゴがありますけれど、まず見てみると、ツヤツヤしていて、色も均等についていていて、すごく美味しそうですよね。ちょっと触ったりすると、中がパンパンにはっていて活気が伝わってくる。私、昔、すごいリンゴが好きで、一日一キロぐらい食べていた時があったんです。

堂本 そんなに食べてたんですか?

狐野 毎日毎日リンゴを選んでいると、リンゴの中からメッセージが伝わって来るというか、このリンゴがどうやって育てられたとか、積まれて運ばれてくるまでの背景が目に浮かんでくるような気がするんです。じゃあ、このリンゴをどうやったら一番美味しく食べられるか、と考えますよね。それが、このリンゴと私の対話というか。

堂本 素材に触れて、想像する。

狐野 料理って「命」をいただいて、出来ているわけじゃないですか。食材にしても、動物だけじゃなく、植物にしても全部「命」ですから、それを絶対に無駄にしてはいけない。すべて「命」のお陰で今の私の仕事は成り立っているので、素材に対する感謝の気持ちと、「命」の大切さというのは、切り離せないテーマですね。

堂本 僕も、最近は「命」ということをテーマに曲を書くことが多いんですよ。僕自身も、苦しいときに音楽に救われたことがあったし、苦しいときこそ曲を作ろうとするみたいなんですよね。ハッピーなときは、別に僕が作らんでも誰かが作っているし、みたいに思って。そういう経験ありますか？　つらいときとか、自分に向き合って作っているようなときに、あれ？って思うような料理が出来ちゃったとか。

狐野　自分が苦しいとき、何か集中して打ち込めるものがあると、すごく助けられた気分になりますよね。嫌なことも集中することで忘れられるので、料理というものがいてくれて有り難かったなということはあります。でもそういうときは、何かを作りたいというよりは、野菜に優しくなりたいっていう気持ちで、一生懸命、その野菜が無駄になったり、傷をつけないように皮を剝《む》いたり切ったりしていましたね。単調な作業ですけど、基本に戻るみたいな作業に専念していて。

堂本　ああ、その感覚はすごくわかります。余裕があるときは冒険心もすごく膨らみやすいですけれど、本当につらいときって、原点をもう一度見つめ直すことだったり、僕なんかだったら、辞書を引いて言葉を選んだりすることも多いんですけど、非常に古風な日本語とか、優しい柔らかい言葉をチョイスしがちだなって。

狐野　大変なときこそ自分を振り返るきっかけになりますよね。原点に戻ってシンプルなことから見直していく動作が、一番自分に力を与えてくれるような気がします。さっき、堂本さんがピアノをたたいていているような動きをされていましたよね。何か指先に命が宿っているなって私は感じて。休憩中でしたけど、なんとなくやっているのではなくて、堂本さんの音楽が好きだっていう情熱が指先から溢《あふ》れているような、そんな感じがすごく伝わってきたんです。

堂本　あぁ、そうですか。

狐野　ええ。

堂本　僕は、ただ音楽が好きだっていうところから入ったので、ギターもベースもピアノもドラムも独学なんですよね。楽器はスタジオに行けばあるという贅沢《ぜいたく》な状況だったんですけど、自分が耳で昔、聴いていたものをマネしていくような感じであったりして。独学ゆえに、奏で方が独特で面白いねって言ってくれる仲間も今は多くいるんですけれど。意識して弾いているわけではなくて、独学なので知識で弾けないぶん、感情で弾くことがどうしても多いので、そこを拾っていただいたのかもしれないですけれど。

狐野　私もそうですよ。若いときから料理の学校に通っているとか、いろんなレストランで修業したというわけでもない。でも情熱でやっているみたいなところがあるじゃないですか。そういうのが堂本さんの指先に見えるなっていうのが、共通点じゃないですけれど、感じられたんです。

堂本　たとえば「手当て」という言葉があるじゃないですか。体をただ、さする。胃が痛いときとか、お腹が痛いとき、その痛い箇所に手当てをするっていう言葉があるぐらいだから、人間の手のぬくもりとか、力とか、波動とか、指先から伝わる感情って大事なんだろうなと思う

んですね。これはどの業界の方でも、指先を器用に使いながらクリエイションされる方はすごく多いと思うんですよ。

狐野　それこそ、堂本さんの指先から「命」が感じられるような。

堂本　本当ですか？

狐野　ええ、そんな感じがしました。

堂本　プロの方から見て、最近の日本の食文化の素晴らしいところと、少し残念だなと思うところ、簡単に挙げてみるとしたらどういったところがありますか？

狐野　日本料理の素晴らしいところはたくさんあります。世界中が注目していますし、今、食材の話をしましたけど、素材を大切にする料理のトップに挙がるのは日本料理だと思うんです。本当にその食材を知らなければ出来ないことですから。ただ残念なところは、あまりに忙しい毎日なので、私達消費者がその食材と対話をしている時間がないなあと。

堂本　そうですね。忙しい中で食事を取るっていうことが多かったりしますし、僕の印象だと、時間は持て余すくらいあっても、お湯を入れるだけでOKとか、電子レンジでチンしてOKとか、そういう便利なシステム化された食品が多くて。それでも、真心込めて作られているのは非常にわかるんですよ。でも、どこかそういう簡単なシステムで、ポンって自分に入ってくると、胃に入れる瞬間もすごく簡単に入れてしまう癖がどうしてもついてしまうなって。

狐野　本当にそうですね。

堂本　地元の奈良とかに戻ると、水もきれいですから、そこからお蕎麦《そば》を作ったり、野菜や山菜で料理を作ったりしていただくと、やっぱり美味しかったりするんですよね。ゆっくりとご飯を食べると非常に落ち着くんですが、やっぱり東京に住んでいると、なかなか今おっしゃったように落ち着いてご飯が食べられない。

狐野　食べているときまで急いじゃったりして。そこがちょっと残念ですよね。

堂本　さまざまなタイミングというものを紡いで、一本のラインに作り上げてきたようなイメージがお話を伺っていてあるんですが、ご自身の中で「運」というものについて、どう考えていらっしゃいますか？

狐野　もし「運」というものがあるなら、私は川の流れに身を委ねて流れていて、そこに流れてきた木の枝を、あるときは溺《おぼ》れそうになりながら摑《つか》んでいるっていう、そういうようなイメージですね。「やらなければならないこと」と「やりたいこと」、二つをやっていたら、自然と扉が開いていくような、そんな感じがします。

堂本　僕も、自分自身の例えとして、湖の淡水の水面《みなも》という表現をいつもするんです。いわゆる流れがあるわけではないんですけれども、時間を過ごしていて、風が吹くと水面が揺れますし、雨が降ると水面が弾《はじ》けますし、冷えると氷が張ったりそれがまた溶けたりする。そういうことを繰り返すのが水面じゃないですか。自分自身は変わらないけれど、周りの環境が変わるので、自分も変わらざるを得ない。僕自身はいつも水面のように理由があるので、変わり続けているんですけれど。でもたしかに、先程おっしゃった、「やらなければならないこと」というのがすべてを語っているような気はしますね。自分自身に甘えを持つのではなくて、一度きりの人生で一つの命を使いながら、自分が「やらなければならないこと」を着実にやる。そうすることによって「やりたいこと」が鮮明に見えてくるっていうか。

狐野　そうですよね。

堂本　本当に「やりたいこと」が見つかるということは、イコール「運」や「運命」、「命」というものがサイクルしていく、転がっていくようなイメージで、前進していけるのかなって。

狐野　なるほど。

堂本　だから、すごく年を重ねている人みたいな、いいこと言っちゃいますけれど、僕の核となっているのはシンプルに感謝することで。好奇心も旺盛《おうせい》だし、音楽も大好きで、たまたま今はその仕事が多いんですけど、これは自分が選択してそうなっているわけではないんですね。さまざまな人たちのルールだったり、いろいろな流れの中で今の環境がある。そういうことに感謝をするところから物事すべてが始まる人生なので、ありがとうと思いながら一日一日を過ごしていくと、何かいい感じに過ごせるなと思って。最近はそういう感覚で生きているんです。狐野さんはどうですか？

狐野　私もそうですよ。料理にしても、やっぱりそれを食べてもらえる人がいてくれるから、美味しいものを作りたいという気持ちがより芽生えてくるわけで。美味しいと言ってもらって、それに感謝する気持ちが次の原動力につながっているっていうのはありますね。

堂本　先程、自分の原点に戻ってというような話が出ましたけど、僕はね、小さい頃、タクシーの運転手さんになりたいなあとか、少し年が経つと奈良で刀鍛冶をやりたいなとか思ってたんですよ。だから僕自身、思い描いていた未来ではないんですね。

狐野　私も、まさか料理の仕事をしているとは思ってなかったです。たぶん、皆そうかもしれないですよ。

堂本　自分が思い描いている未来には、なかなかたどり着けないけれども、それが非常に人生の醍醐味《だいごみ》であると。

狐野　ええ。ただ自分の原点ということで、小さい頃を思い出してみると、幼稚園とか小学校の低学年のときなんですけれど、私の実家の隣に親戚の大叔父《おじ》様が住んでいたんですね。じじと私は呼んでいて。じじとお酒のつまみを作るのが日課だったんです。

堂本　ものすごく小さい頃ですよね？

狐野　はい。料理を作るというのとはちょっと違うかもしれないんですけれど、じじがお酒のつまみを作るとき、いつも隣にいたんです。たとえば、庭先の梅で梅干しを作っていると、梅の実をひとつひとつ丁寧に拭いたり、一緒に梅を干したり、塩辛を作っていると、塩辛に寄ってくるハエをうちわではたいたり。お蕎麦を打つときは、足の裏でクルクル回りながら踏んだり。

堂本　すごい！　じゃあもう、フランスに渡る全然前に、創作というか、料理を作ることに触れている時間がけっこう長くあったんですね。

狐野　そうですね。庭先に出来たもの、ミョウガとかシソとかを簡単に、ちょっと天ぷらにしたりっていう、本当にシンプルなことですけど。

堂本　うわー、でも何かいいですね。そういう時間も。

狐野　もしかしたら、今の原点になっているかもしれませんね。

堂本　いや、ものすごく大きくあるかもしれないですよ。たしかに小さい頃に触れたものって、自分のどこかにあるんですよね。僕も幼稚園で太鼓をたたかされたことが多くて、鼓笛隊みたいな感じでシンバル鳴らしたりとか、いろいろやっていたんです。だからドラムという楽器が

すごく好きなのかな。幼稚園で演劇もやってましたし、音楽もやってたんですよ。

狐野　アートな感じですね。それが今に結びついているっていう。

堂本　もしかしたら。

狐野　「ねこまんま」という料理があって、これは本当にシンプルで、残り物で作るんですね。天ぷらのあとに残った天かすをご飯に混ぜて、上からかけたダシは、天つゆを薄めて、ネギはお蕎麦の薬味に使った残り。お豆腐がベースに隠されているんですけど。

堂本　あ、さっきいただいた「ねこまんま」ですね。運んでいらしたときからめちゃめちゃいい匂いがして、本当に美味しかったです。

狐野　ありがとうございます。フランスのレストランで食事をしたとき、何かすごく懐かしい思いがしたってさっきお話ししましたけど、それが素材をそのまま大切に活《い》かした料理だったんです。あのときすごく懐かしいなと感じたのは、じじの庭先で畑のものを天ぷらにしてお蕎麦と食べたりしたのが、自分の中に残っていたからなのかなと。小さいときって、なんとなく過ぎてしまったイメージがありますけど、何を聞いたとか、何をしたとか、何を食べたかっていうのは、実はとても大切なことなんですよね。

堂本　小さい頃全身で感じたものって、大人になってもどこかでそれをもう一度やろうと体で思い出すみたいな、何かがあるんですかね。

狐野　そういう細かい星くずみたいなものが集まって、「運命」みたいな方に導いているような気がして。

堂本　本当に今、狐野さんがおっしゃったように、とにかく好奇心で向かっていけば、そのひとつひとつが輝きますから。

狐野　そうですね。

堂本　その星と星が重なりあって、一つの道を描いていく。「運命」というものを形成していくのかなって僕も思います。

狐野　だから、いつも心の中にザワザワとしたものが欲しいなって思うんです。感動したり、何かに興味を持ったり、目には見えないけれど、胸の中に渦巻くものは常に欲しい。

堂本　ああ、その「ザワザワ」という表現、すごくわかります。僕自身もザワザワする。それが、やる気とか勇気とか希望とか、何かいろいろなものを始めてくれる。

狐野　原動力になりますよね。一歩を踏み出す力になってくれるみたいなね。それをしないと二歩めに行きませんから。

堂本　そうですね、その一歩が大事ですもんね。

狐野扶実子_料理プロデューサー×堂本剛

「命」のはなし

剛の対談後記

単純な答えを出しちゃいますけど、狐野さんの作った料理、めっちゃ美味しかったです。「ミロのスープ」は美味しかった。遊び心があって楽しかった。料理であぁいう感覚は、本当に初めてかもしれないです。

狐野さん自身は、努力のあとなどまったく見せず、サラッとこの仕事をやっているようにおっしゃっていましたけど、やっぱりいろんな闘いがあっての今の狐野さんなんだと思うんですよね。もちろん興味とか好奇心とかも原動力だと思いますけど、自分はこういう特徴があるんだというのをちゃんと知っているんだと思う。美しさとか聡明《そうめい》さみたいな、それこそいい意味での「女の武器」とか「嗅覚」みたいなものを働かせながら、うまくバランスをとって、たどりついた〝今〟なんじゃないのかな。

第一に料理がヘタだったら、あのフォションの料理長とか、シラクさんの奥さんの前で腕をふるうとか、そこまで行かないわけですから。

彼女が素晴らしいのは観察力ですよね。僕が休憩中、何気なくやっていた指の動きの話をしていましたけど、人がこうやってこの料理を作っているというのを見ると、たぶんすぐマネができるというか、それを想像して再現できる人なんだと思うんです。音楽でいうと、ＣＤで音を聴いて、どうやって弾いているのかなっていうのがすぐわかっちゃうのと同じこと。そういう能力が優れている人なんでしょうね。いやぁ、あの方は本当にすごい人ですよ。

僕はね、今、一日一食か二食にしてるんですよね。何でかというと、三食になった理由が、エジソンがトースターを発明して、朝はパンをとったほうがいいとか、三食は健康ですよ！　みたいな話を始めたからだというのを聞いて、ちょっとシャクやなと思って。本当かどうかわからないけれど、どうも昔、そういう戦略があったらしいですよ。聞けば、日本人はもともと二食だったらしいのに、しっかりその戦略に引っ掛かっていたという。まんまと僕も、何年も朝からパン、食べてたわ！

まあでも、狐野さんみたいな料理上手な人がもし自分の奥さんやったら、一日三食、軽くいっちゃうかもしれないですよね。きっと仕事が終わったら即、直帰ですよ。胃袋押さえられたら、男は完敗です。

LONG INTERVIEW

TSUYOSHI DOMOTO

堂本剛ロングインタビュー

賢人たちとの対話を重ねる中で、堂本さんが感じたこと、未来について思うことを聞きました。生きるヒント、一緒に考えてみませんか。

本音で話すと気持ちがいい

「ココロ見」で対談させていただいた方たちは、みなさん自分の人生で経験したことを本音で語ってくださったので、僕の率直な感想としては「やっぱり本音で話すと気持ちいいなあ」というものでした。言葉や想いというのは、ちゃんとした自分を持った上で語ればちゃんとした形で返ってくる。僕も自分なりにですけど、こんなふうに生きていけたらいいなというプランというか意見を持って生きているので、それを相手に伝えて意見していただく。そんなシンプルなやりとりができているんじゃないかなと思います。

もちろん相手によって僕に対しての印象も変わるので、同世代の人間として語ってくれた方もいるし、西のほうへ行けば、同じ空気や匂いを体感した西の人間として僕を見てくれて、自然と「大和《やまと》」という言葉が出てきたりもする。そんな関係もなんかいいじゃないですか。なぜこの人はこの職に就いたんだろう。この時代に、なぜあえてこの仕事を一生かけてやっているのだろう。そういう視点でその人の人生を見つめると、番組を見てくださるたくさんの人に未来に向かって生きるヒントを与えることができる、そんな気が僕はしました。大げさな表現になってしまうかもしれないけど多くの人を救う感覚でいろいろな人と対話していく。それが「ココロ見」という番組における僕の一番の目標だったりします。

奈良で生まれて学んだこと

対話の中で、何度も出てきた「ふるさと、奈良」というキーワード。僕は三十歳になったとき、自分のふるさとである奈良という場所にものすごく興味が湧いたんですね。以前から興味はあったけれど、もっともっと掘り下げていきたいと思った。一三〇〇年前、日本の中心だった奈良という場所にたまたま生まれ、その僕が奈良を知ることは、今、自分たちが住んでいる日本という場所の成り立ちを知ることになる。歴史的だけでなくアート的観点から見ても、古語や甲骨文字、お寺や神社などの建築物やその色の意味などはとても興味深いもの。それらを僕の人生の情報として、自分というハードディスクに記憶していったんです。

そうすると、いろんなことに気付くんですね。日本の鮮やかで、艶《あで》やかで、華やかな部分とか、面白くて、楽しくて、だけど物悲しい部分とか。それらは、不思議と今の日本人には古くさく映ることがある。でも海外の人からすると新しく、カッコいい、クールなものに映っている。それを僕らももっと大切にしようよと。海外に憧《あこが》れるのもいいけれど、日本人が日本を勉強することのほうがずっとグローバルな気がする。それで、古き良き人々が持っていた感覚や大事にしていた物事、それこそ当たり前なココロを感じながら、今を生きようと思うんです。

古き良きものを今に融合させる

自分はふるさとを離れて二十年くらい経ちますけど、東京で、ちょっと参ったなというとき、奈良に帰るんですね。東京にいるときはどこか構えている自分だったりするんだけど、奈良は自分のすべてをゆだねられる場所なので、たくさん泣いたりたくさん笑ったりできる。奈良で自分を取り戻して、また東京に帰っていくんです。今の日本にも、僕にとっての奈良みたいな場所があればいいのになと思ったりするんですよね。生き急ぐ現代社会で人がどう生きるべきなのか、きっと皆不安もあると思う。そんな中でもう一度、過去に立ち戻ってから未来を見ると、ああ、自分は今ここに立っているのかということが冷静にわかったりするんじゃないかな。それは決して難しいことではないでしょう？

もちろん、古き良きものだけを良しとするのではなく、現代のハイテクノロジーの良い部分を理解した上で、今を生きていくという考え方。ローテク派、ハイテク派と二つに割り切るのではない。賛成とか否定の話ではないんです。

奈良なんて本当にローテクだらけですから。お寺さんや神社さんに囲まれているわけで、そういう場所でも、当たり前のようにトイレに入ったらきれいな洋式の水洗になってるし、都会だとエスカレーターやエレベーターがついているお寺さんがあるという話も聞きますしね。お年寄りの人が大変やからそれでいいという意見もあれば、やっぱり寺は石階段のほうがよくないか？　という意見もある。それを比べて話していたら、もめるだけできりがない。否定から始めるのではなく、どちらの意見も一度自分の中に取り入れてみるということ。それが大事なんだと思う。「ココロ見」でもそういうフラットな気持ちで対談に臨んでいます。

僕も実際、ローテク大好きですけど、ハイテク機器を使って音楽を作っているし、データのやりとりもしている。一時期、スピリチュアルとかパワースポットが流行《はや》ったことがあったけど、そういう言葉が出るずっと前から、僕は普通に神社やお寺とかにめっちゃ行ってたんですよ。何でかというと、奈良を想い出せるから。東京でもよくそういう場所にプラプラ行って、詩を書いてました。人がまったくいないので、カフェで書くよりも全然はかどるんです。缶コーヒー一本買って、石の椅子みたいなところに座ってパソコンに向かう。ローテクな風景にハイテクな機器を取り入れて詩を作るというのが、とても気持ち良かったんです。

その頃から自分は、ローテクなものをハイテクに融合するというようなことをやりたかったんでしょうね。今でいうと、古民家を改造してカフェをやったりする感じ。古代米とか古代の塩とかにこだわってオーガニックの店をやるような。僕はマンション住まいですけど、わざと日本家具や古い家具を入れています。普通にテレビもゲームもあるけど、気が向いたら生け花やって、部屋に飾って「ええな」と慈しむこともある。

ライブだって、インターネットでチケットを頼むけれども、ライブには実際、自分の足でその場所に行って対話するローテク感があるわけで。書籍が電子になるのも否定しないけど、やっぱり本を開いて、紙の匂いとかインクの匂いがする中で、なんとなく読んでいく、この醍醐味《だいごみ》も消えてほしくないと思っています。

手間を惜しまず今を生きる

僕がこういう考えに行きついたのは、年代のせいかもしれません。僕は今、三十代で、物心ついたときに、ポケベルが出てきて、携帯電話が出て、パソコンが出て、という時代の流れの真っ最中にいるんですね。だから不便が便利になることの喜びと恐怖を同時に体感してるんですよ。

たとえばデジカメが世の中に出て、

プロじゃない人でもめっちゃいい写真を撮れる時代になりましたよね。で、撮ったら、とりあえず保存する。でも見返すこともないから「これ何やったっけ？」みたいな写真がチラチラ出てくる。音楽でさえも、ちょっと器用ならばパソコンの音楽キットを使っていとも簡単に自分で音楽が作れてしまう時代なわけですよ。でもそこを真剣にとらえれば、ただの記録ではなく、記憶に残せるんです。どんなことでもそういうちょっとした手間をかけたほうがいいんちゃうかな、と思う。それがイコール、時を刻むということじゃないですか。

僕でいえば歌詞を書くときによくやるのは、無音にして、時計の針がカッカッカッと、それだけ鳴っている中で詩を書いたりするんですね。なんとなく「締切ヤバいな」と思いながら書くのではなくて、そうすることで神経が研ぎ澄まされて、自分でもこんな言葉書くんや！　みたいな言葉が出てくる面白みがある。

便利だから、流行っているからというだけで何でも食いつくのは、あまりに浅はかでビジネスに振り回されているだけのように思う。だって自分で何も決めていないじゃないですか。そんなふうに生きてきた大人から生まれてきた子供たちは、将来どうなるんだって考えたりするんですよ。昔がすべていいとは思わないけど、一回立ち止まって未来を見たときに、ピント合うかな？　って確認したほうがいいんじゃないかな。もし未来に霧がかかっていて何も見えなかったなら視界をよくすることを一緒に考えましょうと。そうやって生きるヒントを見つけたいんです。

僕は常に自分の意思とか志をもって、時というものを生きていきたいと思っています。「ココロ見」でお会いしたどの方も、自分の職人としてのこだわりがあって、自分の力を信じた結果として、その場所にたどり着いた人たちばかりだった。何かに導かれてとか、御縁があってと思う一瞬は誰しもが経験していると思うけれど、そういうことを飛び越えて、自分の力でつかみ取った今があった。

だから今が大事。一瞬一瞬というのは気が付けば終わってしまうし、今はすぐ過去になっていくから。英語にPRESENTという言葉がありますけど、「PRESENT　FOR　YOU」というのは「たった今を君に」という意味ですからね。今の自分をどれだけ信じてあげられるか、それによって人生は大きく変わっていく気がします。

人はやっぱり愛しい存在

僕はストイックに生きているわけでもなくて、本当にありのまま、ただ自分は「こう思う」と思ったその思いを伝えて、たくさんの人に喜んでもらうために生きている。人が救われていく瞬間とか、「ああ、この人めっちゃ楽しそうにしてるな」と思えることが楽しくて、それを感じると自分の存在意義のようなものが強まるんですね。

人っていうものは面倒くさいなとも思いながらもやっぱり愛しいものでね。僕は好きな人、大切な人に対して愛情を注げる自分でいたい。そういう人たちから愛情を与えてあげたいなと思ってもらえるような自分でいたい。一人の人間として、誰かにとってそういう存在でありたいんですよね。

ごく簡単に言うと、「愛」という言葉になるのかもしれないけど、もっと突き詰めて、「命」とか「感謝」とか、そういうキーワードのもとでシンプルに生きていけたらいいのかな、なんて思いました。周りが自分のことをどう言おうが、どう思おうが、自分が自分である意味というものをちゃんと見つけながら、毎日毎日努力して、悩んで、生きていったらいい。歌という言葉は「訴え」というところから来ているというし、音楽は「感謝」の気持ちから始まっているものでもある。だから生きていることに感謝して、この御縁に感謝して。僕が「ココロ見」でお話しした時間が、いろんな人にとっての自分探しのかけ橋になれたらいいと思っています。

CROSSTALK 04

佐野藤右衛門

桜守

×

堂本剛

「ふるさと」のはなし

KOKORO NO HANASHI

TSUYOSHI DOMOTO

桜守とはその名のとおり、全国の木を守り育てる、いわば桜のお医者さん。代々続く名跡を受け継いだ第十六代・佐野藤右衛門氏から、人と「ふるさと」の縁をつなぐ、桜のエピソードを伺います。桜で盛り上がったお話は音楽から恋愛、結婚へと思いがけない話題へ転じ……!?

PROFILE

佐野藤右衛門（さの　とうえもん）
1928年、京都府生まれ。本業は造園家。御所に植木職人として仕えてきた「佐野藤右衛門」十六代目。桂離宮をはじめ、世界各国で造園を任されている。パリでは、ユネスコ本部の日本庭園を世界的芸術家故イサム・ノグチ氏と共同で施工。1997年には、ユネスコ本部ピカソ・メダルを授与される。1999年、勲五等双光旭日章を受章。祖父である第十四代藤右衛門が始めた全国の桜の保存活動を継承し、「桜守」としても活動している。京都円山公園やドイツ・ロストックなど、国内外の桜を育てている。主な著書に、『木と語る Shotor Library』（小学館）、『櫻よ「花見の作法」から「木のこころ」まで』（集英社）などがある。会長を務める株式会社植藤造園では、園内の桜を自由に参観できる。植藤造園公式HP http://www.ueto.co.jp/

堂本　はじめまして、堂本と申します。
佐野　はい、ようこそ。また、今日はなんでんねやな？
堂本　全国の桜の木を守られるお仕事をやってはるって聞きまして。
佐野　守る、守らんと、そんな大層なことと違《ちご》うて。育てているだけや。気になるんやわ。まあ、はよ言うたら、道楽や。
堂本　（京都・嵯峨野《さがの》の）このお庭にお邪魔しましたら、いろんなところで煙を焚《た》いてはったんですけど、あれはどういうことですか？
佐野　虫よけ。その虫を餌にしている鳥とかいろんなもんがおるわね。それを殺すと餌がなくなって、人間のためになるものまで死んでいくわけね。適当におらんと、具合悪いから。
堂本　なるほど。桜の木のためを思ってやりすぎると、人間のためになれへんこともあると。それで、いぶしてるんですね。
佐野　すべて循環って言うのかな。その循環を人間がパタッと止めるから、変なことばっかりになってしまう。けど、あれやろ。あんた、なんか奈良の出身らしいけど。

堂本　はい。僕、奈良の西大寺《さいだいじ》です。

佐野　我々の憧《あこが》れの場所やもん。こういう職業していると、秋篠《あきしの》にしょっちゅう行くねん。あんたの遊び場やと思う。

堂本　そうですね、秋篠寺とか、あのあたりはよく行ってました。

佐野　あんなええとこにおって、なんで東京行くねやな？

堂本　（笑）。ええとこなんですけど、人生って不思議なもんで、なんかそうなっちゃったんですよね。うちの家の庭を手入れしてくれてるおじちゃんがずっとおって、おじちゃんにお茶出して、植木切ってはんの、子供ながらに見てたりもしてたんで。木をいじるのとかもすごい興味あったんです。でも気付いたら、東京に行くことになっちゃってたんですよ。

佐野　奈良の西大寺なら、あんた本当に大和《やまと》のＤＮＡを持っているはずなんや。

堂本　持っているんですよ、それをひしひしと感じていまして。だから、僕、音楽したり、ちょっと絵を描いたり、写真を撮ったりもするんですけど、少しずつ奈良・大和の要素を取り入れているんですよ。ほんま理想は、奈良に住んで東京で仕事してってやりたいんですけど、時間かかるやろなと思って。

佐野　ええこっちゃと思うけど。

堂本　このお庭、木に囲まれていますけど、これ全部、桜ですか？

佐野　桜やけども、日本全国にいろんな桜があるわな。いわゆる花の種類が違う、神社仏閣とか、いろいろ歴史的に古いもの。それがだんだん樹齢を重ねてくると枯れてくるから、それを何とか絶やさんようにということで、種を全部ここで保存しているわけ。

堂本　ざっと何種類ぐらいあるんですか？

佐野　ここは八十ぐらいしかないけど、山桜自体は一本一本、種が違う。交雑していくから。

堂本　それを、最終的にはどうするんですか？

佐野　全部、花を調べるわけ。全部ほどいて、雌しべから雄しべの本数から。普通のやつと照合して、全然違うのは新種として名前を付けていくわけ。

堂本　絶やさんように、種を保存して。

佐野　花びらが多いものは、だいたい雄しべが花びらに変わっていきよるねん。それで種ができへんから接ぎ木で増やさんとしゃあないねん。その典型的なやつが「ソメイヨシノ」。「ソメイヨシノ」は新しい種類で、種ができひんから全部接いで残しているわけ。

堂本　そうなんですか。

佐野　いわゆる桜だけではだめなわけ。鳥とか昆虫とか、ほかの生物が花粉を媒介してくれるんだけど、いろんなものと交雑するから、ときどき突然変異でぽんっと面白いもんができるようになる。それが万に一つか、十万に一つか。なかなか出会えへんけどね。

堂本　今まで一番変わったものっていうと？

佐野　変わったというか、もともとバラ科やから、花びらは五枚に決まっているわけやねん。その花びらの数が一番多いのは、今のところでは一つの花の中に三百六十枚あった。百五十枚から二百枚ぐらいのやつは、ちょくちょくあるけれども。

堂本　へぇー。三百六十枚ですか。

佐野　ここのあたりは、皆「枝垂れ桜」。京都の円山公園の孫や。子供はここに一本あったんや。それはうちの親父が死ぬのと一緒にポコッと枯れよった。親父が脳梗塞《のうこうそく》みたいになって倒れたとき、咲くことは咲いたんやけどクチャクチャの花が咲いて、それから一か月後に親父が死んでな。その一か月後に桜も枯れたんや。うちは代々造園の仕事をやっていて、それまで桜のことは親父がやっていたんだけど、息子もぼちぼち本業をやりかけてくれていたので、ああ、親父のし残した桜（守）もやらなあかんなと思って。やっていると、やっぱり面白いねや。今うちにある「枝垂れ桜」は、わしが生まれたときに親父が種を蒔《ま》いていたやつや。

堂本　いろんなものが植物ともリンクしたり、重なったりって、やっぱりあるんですね。

佐野　まぁ、因縁ちゅうのかな。

堂本　その、白いのも桜ですか？

佐野　これは「太白《たいはく》」と言うて、真っ白で大輪の五弁の桜や。これが日本で絶えてしまって。

堂本　絶えちゃったんですか？

佐野　うん。それで、世界中探したら、ロンドンに一本だけ残っとるって。

堂本　えーー、すごーい。

佐野　何とか向こうに頼んで、接ぎ穂を送ってもろたわけや。そしたら、皆枯れてるわけ。昭和の初め、船で二か月ほどかかって帰ってくるわけや。

堂本　ああ、その間に。

佐野　その間やけど、赤道を通るという感覚がなかったわけや。何回やっても失敗してやっと気付いて、じゃあ今度は寒いとこばっかりやからシベリア鉄道で送ろうということで。でもシベリア鉄道は三か月かかる。今度は寒過ぎて、くるんでやったら乾き過ぎてまた枯れて。

堂本　うわっ、難し過ぎますね。

佐野　それで、どうしたもんやろと思って、ジャガイモに突き刺してナホトカから船で二か月ほどかかって帰ってきたら、これがついたんや。適当に水分を保ってくれるから。それが昭和の初め、わしが生まれるちょっと前やから。

堂本　それが今ここに？　すごいドラマですね。何度も失敗して、だけど現にここにある。そうやって、どんどん未来につなげていって。

佐野　これは人生と同じことで、失敗を繰り返しながら、同じ失敗は二度しないように知恵を働かせていくだけで。もう毎日失敗やな、わしらの人生は。もうハチャメチャやから。

堂本　日本人っぽいという言い方は変ですけど、桜って、ピンク色というピンクでもないし、白という白でもないしっていう、その絶妙な色彩を持っているじゃないですか。

佐野　それがいわゆる日本古来の米の文化なんや。今でも東北地方からあっちのほうでは、村のどこか代々見えるちょっと小高いとこに全部桜がある。三百年も四百年も。その桜の動き方によって、田植えとかをやるわけ。芽が出るのがいつもより遅かったり早かったりすると、それを目安にして。そういうのを目安に皆、農耕をやっていたわけ。

堂本　そうなんですね。

佐野　これは「十月桜」と言うて、九月ごろから咲きよる。

堂本　へぇー、九月頃から桜が咲くんですか。

佐野　この「寒桜」は一番先に咲く桜で、沖縄では一月の三十日ぐらいに咲く。こっちのは新潟の梅護寺というとこにある桜やけど、親鸞上人《しんらんしょうにん》が数《じゅ》珠《ず》を引っ掛けたと言うんで「数珠掛桜《じゅずかけざくら》」。鳥取で探してきた「摩尼八重山《まにやえやま》桜《ざくら》」は、山桜が突然変化しよって、普通は一つしかない雌しべが二つある。そやから種も二つできてんねん。面白いもんがたくさんある。

堂本　あ、「雨宿《あまやどり》」なんて名前のもあるんですね。

佐野　そうそう、これもきれいな花。「御衣黄《ぎょいこう》」言うて、緑の桜もあるし。

堂本　桜って本当に奥深いっていうか、こんなに種類があって、意味があって、いわれがあって、突然変異もあって。面白いですねー。

佐野　人間でもそうやろ。突然変異、あんたも突然変異や。
堂本　僕、突然変異ですかね？
佐野　うん。そやから貴重品やから、残していかなあかん！
堂本　（笑）
堂本　日本人にとって、大好きな桜ですけど、僕が四月生まれということもあって。
佐野　俺と一緒や。何日や？
堂本　十日です。
佐野　俺、一番ややこしい、一日や。
堂本　そうなんですか？　へぇ〜。桜が満開の季節に生まれたので、桜に対してすごく愛着があるんですね。ふるさとの奈良でいうと吉野の千本桜とかがあって、桜って連想すると、ふるさととか、奈良っていうものに僕はどうしてもつながるんです。これって、日本人ならみんなそうじゃないかなと思うんですけど。何かふるさととつながりの深い桜ってありますか？
佐野　岐阜県に荘川《しょうかわ》という村があって、川が流れているわけ。そこで大きなダムを造ることになって、村が水没するちゅうて。今から五十年くらい前かな。あの頃は、そういうのが多かった。で、村がすべてなくなった。
堂本　すべて……。

佐野　お寺が二か所にあって、一本ずつ、四百年くらいの大きな桜があったんやわ。村があった証《あかし》になるものを何とか残したいということで、普通の桜は移植が難しいもんでな。まずだめやろと。けども、百メートルほど下からずーっと引きずり上げてきたわけ。そしたらそれがまたついたわけなんや。まず、あかんやろういうやつが。

堂本　へぇー、すごい！

佐野　それはやっぱり、村人の精が染みついとったわけや。で、移住していた人が、それを見に来てはるわけ。本当の心のふるさと、それに代えがたいものはそれしかないわけなんや。見えるものとかそういうものではなく、そこに宿るもの。これがふるさとと違う？

堂本　なるほど……宿るもの。

佐野　私は奈良ですってあんた言うけども、じゃあ、その奈良の本当のことは、あんたしかわからへんわけや。地名、場所、これは誰でもわかるわ。でもその場所のあらゆるものっちゅうのは、あんたの胸の中、つまり心にしか残っていない。そういうものがたまたま桜になったと。三百年、四百年と長い間その土地に根付いとるから、代々、語り継がれていく。「荘川桜」はその最たるものやと思うねんけど。

堂本　その桜というのは、村人の方にとってどういう意味を持っていますかね？

佐野　やっぱり頼れるもの、癒《いや》されるものやと思う。その桜が元気でいるときに、自分達がこの桜の下で遊んだとか、いろいろ思い入れがあるわな。

堂本　本当に桜って、不思議な力を持っているなと思うんですね。桜がすべてピンク色に染まっているわけではないですけど、やっぱりピンク色になっているときはすごくチヤホヤして、散ると全く見ないじゃないですか。僕はそういう態度を取りたくないなと思って生きているんですね。青々しく咲いている桜も非常にキレイだし、蕾《つぼみ》はおしとやかで色っぽいなと。そういうことを感じとれる人間として生きていけたらいいなと、常日頃から思っていて。桜って、「宿る」とおっしゃいましたけど、いろんな人の気持ちを教えてくれるものでもあるのかなって感じますね。お話を伺っているだけでも、心のアルバムじゃないですけど、ふるさとって、人というものがつながる一つの架け橋でもあるのかなって思いましたね。

佐野　いやぁ、それだけのことを考えているっちゅうのは、きみは素晴らしいと思うわ。もっとハイカラな跳ねた子や思っていたら、なかなかええ子や、あんた。

堂本　佐野さんのお住まいは、築何年ぐらいですか？

佐野　二百年ぐらいちゃうか？

堂本　え〜。立派なおくどさん（竈《かまど》）もありましたけど、お風呂は五右衛門《ごえもん》風呂とかで？

佐野　そう。水は井戸やし、空調の生活したことないねや。

堂本　本当ですか？　今、地球の気温とか気候がおかしなってるじゃないですか？

佐野　これはな、やいやい言われているけども、一つの周期。人為的なこともあるかもわからんけど、何億年という一つの周りの中でなってんのと違うかしら？　って思うんやけど。

堂本　そうなんですね。桜も、その土地土地によって性格が違うもんですか？

佐野　あっちこっち桜を調べて歩いていると、咲き方も違うしな。気候風土が違うと、皆違っていくから。

堂本　それは土なんですかね。桜の木を守っていったり、植え替えたりするときに、土が大事だって話を伺ったんですけど。桜にとってやっぱり土は大事ですか？

佐野　そら、土は大事や。やっぱり土がないと生きられへんから。それをみんな今、コンクリートで蓋《ふた》しているわけで、自然を知らず知らずの間に壊していっているわけ。

堂本　呼吸できへんというか。

佐野　そうそう、異物が入るとまず根が張れへんねん。そして、土も酸性・中性・アルカリ性とある中で、どっちか言うと植物は、弱酸性を好むものが多いわけなんや。だから、あんまり肥料をやりすぎると具合悪いから、石灰で中和させて。最初にあんたが言うてた、うちの篝火《かがりび》を見てもうたらわかるけど、灰はアルカリ性や。

堂本　ああ、庭のありとあらゆるところで焚いてはった。

佐野　枯れ木とか、間引いたものを適当に薪《まき》にして、それを篝火にしたり。それから、うちはまだ五右衛門風呂やから、風呂焚いたり、釜《かま》でめし炊いたりで灰を作って、桜畑にやる。やりすぎると、またあかん。いわゆる地球の核っちゅうのは、岩盤でできているわな。それがまぁ、動いた動かんの地震で、そんなもんしょっちゅう動いているから、その上に水ができ、空気ができ、何億年前の話やけど、徐々に徐々に生物ができてくるやろ。

堂本　はい。

佐野　生物ができるちゅうのは、合うからできるわけや。いわゆる相性っちゅうやつや。音楽の世界でも相性っちゅうんがあるはずや。いくらええもの作っても相性が悪けりゃ合わんやろ。それがいわゆる土壌っちゅうやつや。だから、農家は土壌を人工的に作って行くわけやね。それによって今度は水が関係するわけや。土と水と空気、これはもう絶対なかったら大変なことになる。そこで育まれるものが何であるかというのは、自然の山を見たらだいたいわかるわ。相性や。

堂本　自然を見て。

佐野　だから人の付き合いでも、相性が合えばうまくいけるわけや。相性が合わんなんだら具合悪いわな。その土壌が何であるかだけの話や。植物というのは学問的にはいろいろあるけれども、実際にやっていると、学問どおりにいかんもんはいっぱいある。それは自分で考えて、合わしていくわけや。そらもう、人間の生活も人間同士の付き合いもすべてそうやわ。

堂本　桜も土壌とか、ふるさととか、そういうものが、ものすごく大切なんですね。

佐野　根を張ることや。だから、あんたも音楽の世界に、まずは根を張るわけや。
堂本　なんかさっきから、桜の話を伺っていても、自分に話をされているように……。
佐野　いやいや、そんな大それたことは、よう言わんけど。
堂本　そう聞こえてくるってことは、やっぱり人間が生きていくことと、この桜が生きていくことっていうのは、まるっきり同じではないけども、まるっきり同じであるって言いたくなるような感覚がしますね。
佐野　そうかもしれへんな。
堂本　佐野さんにとっての「ふるさと」って、どういったものですか?
佐野　「ふるさと」っていう場所、という場所はない。だけど、先祖があるわな。そこが「ふるさと」やねん。原点やねん。そう思うわ。
堂本　なるほど。そういうふうに捉えたことはなかったです。僕自身、ご先祖さんをさかのぼって調べたことがないのでわからへんけど、さかのぼるといろんなことが発見できて、面白そうですね。
佐野　それはな、やっぱりいい場所に生まれ過ぎたんや。奈良の西大寺というのは、平城京を中心にした西側や。場所が良過ぎる。
堂本　ものすごく贅沢《ぜいたく》でしたからね。教科書に載っているのと、目の前に見える景色が一緒でしたから。今、考えたら、すごい話やなと思いますけどね。

佐野　それを自分の人生にうまく出しゃええねや。

堂本　はい。

佐野　ところで、今、あんた、どんな歌、歌《うと》うてんの？

堂本　僕ですか？　僕は、日頃からお母さんに感謝せななと思っていて。時間作って「お母さん、ちょっと桜、見に行こうか」って言って見に行って。そのときは普通に見に行っただけやねんけど、「あと何回、あんたとこの桜、見れるのんかな」と言われたときに、どうしても胸の中で抑えきれない、静かな叫びと言いますか……そんな感情になったんです。それで親への感謝とか、自分が今あることへの感謝を、音楽にしたり歌詞にしようと思って「ソメイヨシノ」という曲を書いたんです。桜って人の命と向き合う花なのかなって、一説に聞いたことがあるんですね。すべての花の蕾が開くのを待ってから散る、みたいな話をちょっと聞いたことがあって。

佐野　全部が全部、そういうわけにはいかへんけど、そう言われたら、風が吹いて、散るときはほとんど無くなるな。

堂本　お母さんと桜を見に行ってから、命の話をすることが多くなったんですよ。僕は自分でも書きますし、書いていただくこともあるんですけど、書いていただくときは、恋の歌をよく歌うんです。でも、自分で作るときはそういう「感謝」というものをスタートに言葉とメロディーを書こうと思って、「命」というテーマの曲が多くなりましたね。その中で、奈良から教えてもらった「縁《えにし》」とか「愛」とかそういうものを、少しずつ、現代の人へと伝わるように、ちょっとだけ言葉を変換しながら、日々努力して頑張っているところなんです。

佐野 あんたの歌とかはようわからんけどな。命の大切さというのを常に持っていると。今度はそれを育むことをいっぺんやってみぃや。そしたら、もっと成長するのと違う？

堂本 育んでいくことですよね。桜も育んでいきながら増やしていくんですもんね。

佐野 あんた、今いくつや？

堂本 三十四歳です。

佐野 嫁はんは？

堂本 いないです。

佐野 その代わり、〝いろいろ〟はおんねやろ？

堂本 いないですよ（笑）。

佐野 アハハハ。いや、なかなか、あんた捨てたもんやない。もっともっと頑張ってもらわなあかんわ。はよ、嫁はんもろうてな。子供という、次の世代に託していかなあかんやろ？　それを引き継いでくれる人っちゅうのは必要や。

堂本 そうですね。周りは結婚している人もすごく多いですし。やっぱり三十四にもなると、ふだん、考えてなかったこととか、親と話すようになるんでね。責任感も含めて、いろんなこと考えて生きてはいるんですけど……。あのぉ、佐野さんはどんな恋愛されてきました？

佐野 馴《な》れ合いや。

堂本 馴れ合い？　じゃあ、すごく自然に？

佐野 今でいう、隣村や、今のかかあは。昔なんてそんなもんや。

堂本 どんな人ですか？

佐野 怖い。そやけど、ええもんやで。あんたも、怖いええ人、はよ見つけなあかん。

堂本 （笑）。僕ね、思うんですよ。僕が好奇心だらけの人間だとして、彼女が欲しいとか、自分が大切に思える人を探すっていうような好奇心で生きていたら、もう結婚はしてるかもしれないなって。でも、佐野さんのように「隣村にいはった」とかっていうような感覚で、僕も出会うんやろなっていう感じがすごいしてるんですよね。ちょっと待ちすぎてるのかわかんないですけど。自分から探しに行くというよりかは、ふと見れば、ここにいるみたいな感じで結ばれて、結婚になっていく。なんかこう、歩いている道に桜が咲いていて、ふと桜を見上げるような感覚っていうか。そこにそっと寄り添って、手を触れてみて、いろいろ感じて、対話して、自分も知り、桜も知る。桜が華やかじゃなくて、散っていっても、気になるのか、ならないのか？　みたいなね。そんな感じが理想なんですよ。

佐野 あんたの言うとおり、道を歩いていて、あれっ？　と思って振り返る女性に会うこともあるわ。パッとすれ違ってもまったく気にならん女性もおる。桜でもそうなんや。あれっと思って見る場合と、ああ、咲いているなと思うのと、それと同じことや。あんたが振り返ったときに相手も振り返ってくれたら、それはもう合縁っちゅうやっちゃな。そのうち合縁があるやろと思うわ。

堂本　そうなんですかねぇ。

佐野　そうか、三十四か。ちょうど俺と半世紀違うねや。

堂本　はい。

佐野　我々の育ってきた歌っちゅうのは、俗に言う、軍歌で。その次は流行歌、言うのかな。戦後になって初めて洋楽、ジャズや。俺も仕事であちこち飛び歩いて、外国が長いときがあったんや。やっぱりその国の音楽というのは素晴らしいわ。それを今の日本人が全部、取り込んでいるわけや。日本は日本情緒、情景っちゅうのを大事にするやろ?

堂本　はい、しますね。

佐野　あんたの場合やったら、奈良という日本文化のものすごいものを持っているわけや。それをこれからうまく組み合わせていくのが、あんたの仕事や思うわ。

堂本　そうですよね。だから、日本の勉強や奈良の勉強、京都の勉強もするようになりました。今、僕は人に向けて歌っていますけど、昔は豊作を願ったり、そういうところから楽器を鳴らしたり、歌ったり、踊ったりって始まって、それが仏さん、神さんに向かってってって、最終的に人に向かって音楽っていうものが枝分かれしてきているところに、僕はいるんだなと思って。

勉強していくと、雅楽とかああいう音階は外国にはないし素晴らしいと思うんですけど、古くさいとかダサいっていう人はやっぱり若い世代の中にはいるとは思うんですよ。でも、これは日本の音楽だってわかってもらえるような努力はいつもしていて、言葉に書いてみたり、楽譜に書いたりしてるんです。奈良で生まれたから、どうしてもそういう気持ちになってしまうなあなんて思うんですよね。さっき佐野さんがジャズっておっしゃってましたけど、もし僕がジャズをやっていたとしても、奈良はじわじわ出ちゃうのでね。どんなジャンルをやっても、西洋音楽に憧れたとしても。それは自分にとってはいいことだなと。

佐野　いやぁ〜、あんた素晴らしい子やわ！　そこまで深いもの、持っていんねや。

堂本　いえ、そんな褒めんといてくださいよ。

佐野　まだまだ、日本も捨てたもんやないな。

堂本　そう言ってもらえたら、すごいうれしいですけど。

佐野　今の人はやっぱり飢えているわけやねん。もうガチガチの生活をして、一生懸命何かを求めて時間に追い回されているわね。どんな人でも精神的にヘトヘトになってるわけ。

堂本　そうですよね。

佐野　あんたがたは、癒し、潤いを与える仕事やと思うんやわ。それっちゅうのは、自分のいわゆるふるさと、心のふるさとやわな。それを自分で作って、今の音に表現していけばええのん違うの？　わしはそう思うけどな。

堂本　はい。

佐野　何年かのちに人の心を打つ、歌でなく、魂に訴えるというか、自然に人の中に入り込む。それがふるさとなんや。な。そういうものが、あんた、今の状態でいけば、必ずじわーっといくわ。あと五年。

堂本　五年？　三十九歳。

佐野　いわゆる四十歳になったら、不動になる思うわ。

堂本　不動……。

佐野　不動に。せやけど苦労せなあかんで。緩～い上り坂や。急な坂やったら一気にいけるねん。緩いやつは初めから馬力出したらあかんねやわ。もたへん。そやから、じわじわと頂上に行ったら、そこから下らへん。平らでいけるわ。五年。

堂本　悔しいときとかつらいときに、佐野さんの言葉、思い出します。五年、不動になる。

佐野　五十ぐらいになったら、もっと素晴らしいものになっているやろ？

堂本　そうなりたいなぁ、なんか。

佐野　ということは、今現在の歌を聴いている人がその年になるわけや。その親達が子供にも教えるわけや。そやろ？　ほんでまた、その子供がまた伝えていくわけや。そしたらもう、ずっと不動になるわな。それが一番ええで。

堂本　今は時代もスピーディーで、音楽も一週間に何組ものアーティストが新曲を出していて、それがずっと繰り返されているんですね。聴く人達も、ゆっくりと曲を聴いたり音楽に触れたり、桜にしても、ゆっくりと見る時間もない。「艶《あで》やかさ」とか「はかなさ」という表現やニュアンスを自然から学んだり、音楽から感じたりする時間がないんでしょうね。だけど、それは自分が音楽と、あるいは自分が桜と、どう過ごすかによって変わってくるもんだと思うし。佐野さんと今日いろいろとお話しさせてもらって、ゆっくり緩い坂を登っていけばいいんだよと言ってもらえて、肩の荷が下りた気がしましたね。うまく言葉でまとめられないですけど、もっと頑張ろうって。感謝しなければいけない日になりました。

佐野 それだけの信念を持っているんやったら、そら大丈夫やで。

堂本 そんなん言ってもらったら、頑張らなあかんわ！

佐野 それとな、最後に言うけど、今、「時間」って言うてたやろ。「時間」を「時《とき》」に変えたらええねん。

堂本 そうか、「時間」を「時《とき》」に変える……。

佐野 時間は過ぎていくねん。時《とき》は刻んでいくねん。

堂本 なるほど。

佐野 一つ一つ刻んでいけば大丈夫や。急いでもしゃあないし。

堂本 そうですね。一秒一秒。佐野さん、詩人ですね、ほんま。今の歌詞になりますもん。

佐野 アハハハ。

堂本　今日、家に帰って書きますから。ミュージシャンにとって、音楽作りたいなって、帰って早く曲を書きたいと思える日は、すごく良い日なんです。時間は過ぎてゆくけれども、時《とき》は刻んでいくものだ、みたいなの、じっくりじっくり作ります。

佐野　待ってる。この子のお陰で、この年になってまた楽しみ増えたわ。

佐野藤右衛門_桜守×堂本剛

「ふるさと」のはなし

剛の対談後記

奈良というふるさとを持つ僕が、奈良から教わったたくさんのことを音楽で伝えたい。これは僕がいつも思っていることなんだけど、そんな思いをお話ししたら、佐野さん、すごく褒めちぎってくれましたね。何度も何度も「ええ子や。あんた素晴らしいわ」と言うてくれて。「日本も捨てたもんやない」とまで言ってくれた。なんか気恥ずかしいけど、素直にうれしかったなぁ。

佐野さんは日本中の桜を、ときには自分の足で出向いて、見つめていらっしゃる。そして、枯れそうになった桜があれば、京都のご自分の庭に持ってきて自ら育てていらっしゃる。今という時代の中で、あれだけこだわってやっては る姿を拝見して、自分でたとえると何になるのかなと、話しながらいろんな感情がめぐっていました。桜守の仕事を「道楽やから」と笑っておっしゃるけれど、目まぐるしく変わっていく環境の中では、木も反応して脆《もろ》くなるわけで。それを佐野さんみたいな方が愛情をもって、そっと気にかけてあげたら、その土地の桜も枯れずにイキイキと生きていくんだろうなと思ったんですよね。日本人の心を引きつけてやまない桜の魅力って、本当に何なんだろう……。

僕は四月生まれなので、桜が大好きなんです。桜を想像すると、ふるさとの景色を一つ思い出すって、日本人はみんなそうなんじゃないかな。だけど、僕にとって桜はちょっと物悲しいなとも思うんですよね。対談でも話してますけど、お母さんとちょっと時間を作って、桜を見に行ったとき「あと何回、あんたとこの桜、見れるのんかな？」ってお母さんに言われて、子供ながらに胸が苦しくなってね。見た目は薄ピンク色で可愛い花ですけど、見るとやっぱりあのときのことをどうしても思い出して、命とか、家族への感謝の気持ちとかを思わざるを得なくなるんです。物悲しいからこそ、大好きやったりもするんですけど。

佐野さんと話していると、桜の花のことから、ふるさとへの思いから、いろんな話が思わぬ方向に広がっていって、楽しかったですね。それに佐野さん、詩人なんですよ。何気なく放つ言葉が、またいいんです。

「時間は過ぎていく。時《とき》は刻んでいく」

ただ流されていくのではなく、自分の意志で時《とき》を刻んでいく。この言葉は僕の心の中に今もしっかりと刻まれています。

またちょっと桜の歌とか、書きたくなっちゃったなぁ。

CROSSTALK 05

河内國平

刀匠

×

堂本剛

「自分」のはなし

KOKORO NO HANASHI

TSUYOSHI DOMOTO

堂本剛のふるさとでもある奈良の地で、「自分」と向き合い、刀を作り続ける河内國平氏。あくまでも職人として、五感を鍛え駆使して名刀を生み出す匠から出た、人生を過ごしやすくするキーワードは“あほになれ”。目からウロコの意外な言葉にシンプルな生き方を学びます。

PROFILE

河内國平（かわち　くにひら）
1941年、大阪府生まれ。本名は道雄。関西大学法学部を卒業後、就職はせず、宮入昭平（人間国宝）に入門。刀鍛冶の道に。47年間にわたって刀鍛冶一筋の人生を歩む。1972年に独立。奈良県東吉野村平野に鍛刀場を構える。伊勢神宮第61・62回式年遷宮大刀ならびに鉾の製作を担当。刀作りの技術を審査する日本美術刀剣保存協会の「新作名刀展」では、刀鍛冶の最高峰のみに与えられる「無鑑査認定」を受けている。「奈良県無形文化財」。2010年には、厚生労働大臣より「現代の名工」と認定された。主な著書に『刀匠が教える　日本刀の魅力』（眞鍋井蛙共著・里文出版）。また、直木賞作家・山本兼一氏によるドキュメンタリーノンフィクション『刀匠・河内國平　鍛錬の言葉　仕事は心を叩け。』（集英社）もある。
公式HP　http://www.mugenkan.com/

河内　はい、こんにちは。

堂本　はじめまして、堂本と申します。先程から刀を作ってらっしゃるのを拝見してました。

河内　（汗を拭《ふ》きながら）どうですか？

堂本　いやぁ、想像していたものとは全然違いました。

河内　そうですか。堂本さんは、子供の頃、鍛冶屋《かじや》になりたかったらしいね。

堂本　はい。小さい頃、刀鍛冶か、仏像修復師か、何か手先を使って仕事をして、思いとか感覚をそのまま物に反映させるような仕事っていうんですかね。そういう仕事をやりたいなと思って。それで、漠然と刀鍛冶ってカッコいいなって子供心に思ってたんです。でも、僕は何を言ってたんかなと思うくらい、イメージが全然違って。あの静寂と、少しの炎の中で、チリチリ、チリチリと鳴いているような音だったりとか。

河内　炎の色を見て仕事をしてるから、（仕事場を）暗くしてあるんです。炎の色というのは、炭が熾《おこ》る色。それから、鉄から「華《はな》」というのが出るんですよ。「鉄の華」と言うのだけども、線香花火みたいなものが出るのですよ。その形と量を見ている。いろんな種類が出るから。

堂本　いわゆる、火花みたいなものが出ているのを見て。

河内　そう。それで暗くして。それは勘でね。

堂本　勘ですか？

河内　うん。勘がうまくいかないときは、鉄が甘くなって、弱い鉄《かね》になってしまう。強すぎたら刃こぼれするしな。

堂本　まさに闘いですね。

河内　刀の一番の材料はこの砂鉄や。

堂本　砂鉄？

河内　これは、島根県の斐伊川《ひい》の砂鉄なんですよ。砂鉄を炭で「鑪《たたら》」という炉で溶かして鋼《はがね》にするわけや。これが鋼や。

堂本　（ソフトボール大の鋼を手にして）うわ、重たっ！

河内　これを「玉鋼《たま》」と言って、たたいて薄く伸ばして、それを割って良いところだけを取り出して、二キログラムほどを梃子《てこ》という鉄棒の先に付いた皿状の鉄の板の上に積む。それを火床《ほど》で沸かして（＝強く加熱して）鍛接《たんせつ》して、塊にしたら積んで、またたたいて伸ばして折り畳んで。それを八回ぐらい繰り返して鍛錬すると、何枚もの層になる。そしたら、鉄は強く粘りのあるものとなる。火で赤めて造るので「火造《ひづくり》」と言うねん。削りとらず、全部鎚《つち》でたたき出す。こんな塊から刀にしていくわけや。

堂本　すごい。僕は音楽をやっているので、ああいうカーンと、熱した鉄を上からたたいている音にすごく反応しますね。すごくきれいな音やと思って聴いていたんです。

河内　あれは日本の音やで。今日は先手一人でたたいていたけど、ふだんは三人でたたくねん。もっとリズミカルやで。

堂本　見た目は、あれだけ男の人が力強くバチンバチンとやってますけど、音だけ聴いていると、すごくきれいだなあと。

河内　心地ええなあ。それでないと、ええものでけへんで。音がもう違う。だから弟子達が六人いたときも、誰がたたいてるか、音を聞いてたらすぐわかる。音のリズムで何をやっているのか、あれは失敗した音やな、とかもわかる。

堂本　それ、ミュージシャンの感覚ですよ。

河内　そうや、同じや。これは鍛冶屋の、職人としての感覚やで。五感が敏感でなかったら、職人は務まらん。

河内　刀を見るには、三つ、見どころがある。これだけ覚えて帰っても大変なものやと思うけど。まず刀の姿。刀を手に持ってまっすぐに腕を伸ばして、刀の姿を見る。この刀の姿や線を見たら、反りの深さだとか浅さだとか、巾《はば》だとか切っ先の大きさだとかがわかる。時代によってそれぞれ違うから、それを覚えればだいたい時代がわかるのや。

堂本　あっ、そうなんですか。

河内　そう。刀の姿は、戦によって変わる。命のやりとりをするのだから。普通の刀は掟《おきて》どおりになっている。これが一つね。その次は刀の黒い部分の地鉄《じがね》を見るのですよ。さっき鍛錬していたでしょう、僕。

堂本　はい、はい。

河内　あれを見れば、どのような砂鉄か、鍛錬か、組み方か、砂鉄の産地や流派によってその色や肌が違うから。大和でできたものか山城《やましろ》か備前《びぜん》か、相州《そうしゅう》か美濃《みの》か、ということが見ればわかるのですよ、勉強すれば。

堂本　すごいですね。

河内　その次に、刃文を見る。向こうについている電球の光を刀の刃文の部分で反射させると、刃文がバッと強く反射する。その刃文の粒子が細かく見えたり粗く見えたり。

堂本　ほんまや。ふわふわっと。

河内　その刃文の形に焼き入れるのは、かなり個人の絵心が入るからね。刃文はまっすぐでもええけど。ところが、いろいろときれいな模様を考えた、というわけやろな。切れ味にはそれほど関係ないけど。

堂本　日本のふすまでも何でもあるじゃないですか。光が入れば消えたり、傾けば陰影が出て、色っぽくなったり艶やかになったりするみたいな。そういうちょっとした日本人らしい感覚というのは、刀にも反映してるんですね。

河内　そうやろうな。素人が見たらなかなかわからへんけれども、我々は必死になって見ている。で、これは「一文字《いちもんじ》」やなとか。「正宗《まさむね》やないか」なんて見ることできる。二、三年ぐらい勉強したらだいたい見れますよ、覚えれば。

堂本　形を見て、地鉄を見て、刃文を見る。

河内　この順序を覚えてたら、「この人、刀が見れるな」ってわかる。……あ、大事なことがもう一つあるねん。それはな、わかった顔をすることや。「ああ、そうか！」とうなずいてみる。そうしたら「この人、知ってるなあ」と思って、次の名刀、出してくるわ。やっぱり刀で話がしたいから。いろんな話、刀の話やったら一晩中でもできるで。

堂本　なるほど。最後はうなずくんですね、わかった顔して。

河内　わかってもわからんでも、わかった顔するねんで。

堂本　はい（笑）。僕、時代劇では、よく竹光とか、立ち回りするときに持ちますけど、本来は重いから構えたとき剣先を下げろということは習ったことがあるんです。鉄を持っているという重みを感じてやりなさいと。

河内　重さはね、だいたいバット一本ぐらい。やっぱりちょうど切るための重さ、普通に戦える重さなんや。これは僕の作った刀だけど、古い刀がたくさん残っているということは、何代もの人がこうして大事にしてきたわけや。

堂本　すごいなあ。本当に奥が深いですね。

河内　長い歴史があるのですよ。千年以上あるから。

堂本　千年以上！

河内　うん。千年も滅びてない。いろいろな時代があったはずなんですよ。たとえば、江戸時代になったら、もうそれほど刀は使わないしね。明治に武士階級がなくなって廃刀令があって。それでも刀だけは残った。そうやって何回も刀はいじめられて、無用の長物となって、作ってはいけないと法律で決められても、作り続けて、そしていまだに作ってるねんから。何でしょう、刀って。

堂本　職人の方からしても、やっぱりすごい不思議な。

河内　そうそうそう。だから、切れ味だけではないなあ。切るだけだったら現代は特殊鋼ができてるから、いくらでもいいものがある。

堂本　そうか。やっぱりこのラインとか、光り方とか。

河内　ジーッと見てみ。メッキした鉄と違うよ。細かい重なりの層があって美しい。だから、「正宗」が何で有名かと言うと、彼の刀は見るたびに発見がある。

堂本　見るたびに発見がある。

河内　と思うわ、僕。今日、見たけどまたあくる日見てみたら、違うように見えてみたりすんねん。

堂本　へぇー。

河内　僕の親父も「国重《くにしげ》」という室町時代くらいの小さい短刀を長い間愛蔵していた。親父はいつでも自分の鞄《かばん》に入れてたんです。旅行に行っても、風呂から上がったらジーッと見て、食事前にも見て、食事から帰って布団の上に座ってまた見ていた。音楽も一緒やと思うけど、好きな人にとってはものすごく心を癒《いや》すねんなあ。音楽も何回でも聴きたくなるのがきっと本物やわな。

堂本　そうですよね。そこを目指していかないといけないんです。

河内　そうやろ？　工芸品というのは、手に持たなあかんのですよ。やっぱり体で感じなあかん。手で重みだとか、冷たさだとかさ、すべて自分で、五感で見なあかん。陳列したもの見てたって絶対わからへんよ。

堂本　いや、本当、そうですね。

河内　物を知るっていうのは、見て、触れやなあかんわな。

堂本　これを作られた方に話を聞きながら、作られた方の名刀を目の当たりにして、本当に今、贅沢《ぜいたく》ですね。そして、奈良のふるさとで！

河内　刀から出た言葉というのもいっぱいあるで、気がついてるかな。「元の鞘《さや》に収まる」とかよく言うやろ。

堂本　そうですね。

河内　「あいつと反りが合わへん」の「反り」も刀の反りからきているし、「しのぎを削る」なんて言葉も刀からや。刀の刃と棟の真ん中あたりの、一番高い線の部分を「鎬《しのぎ》」と言って、チャンバラでその「しのぎ」が当たって削れるぐらいの「激戦」を言うねん。

堂本　ここから来てるんですか？

河内　そう。柄《つか》に、ここに一番大切な金具がついてるんです。「目貫《めぬき》」という、都会の一番大事なところ、町でも、目抜き（目貫）通りって言うでしょう。普通に使っているけど。「切羽《せっぱ》詰まる」「付け焼刃」、みんな刀から出た言葉や。

堂本　我々は、日常で刀の話はしてるんですね。

河内　それだけ、刀は生活の中に密着していたものなんやろうな。昔はお守りとして、武士の家に刀が代々伝わっていたわけやから。そういう文化が日本にはあったのや。鉄をここまでの色に研ぎ上げて見る文化なんて、外国にはないで。平凡な、この白と黒に、我々から見ると、いろいろな色が入っている。

堂本　ほんまきれいやわ。

河内　日本人らしいなと思うな。歴史も感じるし、美しい。日本の中にはいいものいっぱいあるねんで。自然だけ違《ちご》うて。音楽でもそうやと思う。雅楽にしても、尺八にしても、琴にしても、三味線にしても、いい曲いっぱいある。

堂本　そうですよね。雅楽の笙《しょう》という楽器なんて、日本人が雲間から射《さ》す後光をイメージして作った楽器ですからね。昔の人のあんな感性は、おそらく今はないですし。

河内　感性とか感覚というのはものすごく衰えてきているからな。そりゃあ、夜中じゅうテレビをやってる時代の人間と、電気のない鎌倉時代に刀を作っていた人とは感性が違うで。昔の人は僕らよりもっと敏感に、炎の色を見てたと思う。そこは非常に残念なところや。

堂本　ミュージシャンの人で、たまに表現として、ギターというものを「音楽の刀」と言う人がいるんですよ。あるいは「斧《おの》」と言う人もいますけど。音楽を使って人々の感情の中に切り込んでいく、というか。傷つけるわけではないんですけど、いわゆるその人の邪魔をしている物を退治してあげるというんですかね。そういう感覚もあったりしますし。刀を作ってはるときの気持ちなんですが、どうなんでしょう。没頭するのか、あるいは無の状態、無の境地に入っていくというのか。

河内　う～ん……。あのなぁ、僕、聞きたいなと思うていたんやけどな。歌を歌っている最中というのは、どんな状態や。

堂本　最初はテレビだったり、お客さんが僕のほうを見てるしということで、ちょっとカッコつけたくなるんですよね。だから、うまく歌おうとか、カッコよく歌おうみたいなことを若い頃はずっと考えてましたけど、この七、八年、もう十年ぐらいですかね。もう、無。何も考えないっていうふうになりました。

河内　自然に出てくる？

堂本　はい、歌を歌うというよりか、自然と言の葉をこぼすみたいなイメージで。

河内　歌っている最中は頭の中、どんな働きしてんねんやろ。

堂本　すごく客観視ですね。もう一人の自分がおって、なんとなく自分を見ていたり。

河内　面白いねぇ。

堂本　もちろん歌は歌っているんですけど、もう一人の自分が言葉をしゃべってるぐらいの、マイクにただ声を乗せてるというようなイメージでやっていて。最終的には、夢見てるような気分で、現実ではない感じでやったりすると、僕はちょうどよかったりするんですよ。

河内　やっぱりそれは伝わってきて、きっと聴いている人を感動させるんやろな。僕もな、もう七十二歳になるけど、三十代で打った刀をそのまま見れるんや。当然、そのまま刀は生きてるやん。刀は三十代のままでいる。刀の寿命は人間よりはるかに長いからな。

堂本　そうですね。

河内　僕が一番うれしいのは四十歳前後に打った刀を、ふっと最近見せられたことがあってな。知人の家へ行ったら「河内、お前の若いとき作った刀見るか？」と言われて。刃文が明るい。刃が冴《さ》えてる。作ったときそのままやねん。

堂本　へえー、その感覚はすごいですね。

河内　うれしいで。自分は年とるけど、刀は年とらないんや。

堂本　それは、思いがそこに宿ってるからですかね。

河内　精一杯作ってあるからな。反省はない。覇気があって潑剌《はつらつ》としとる。僕はそのときびっくりした。これは「僕が作ったんや！」と思うやん。ほんまに心は若いときに戻るわな。

堂本　へえー。

河内　堂本さんらが歌を歌《うと》うてて、今はCDがあるから、三十歳のときの声は三十歳のままいられるようなものができるやろ。

堂本　そうですね。

河内　やっぱり声も変わってくるで。自分ではわからんけど、きっと。そう。それでな、その、今「無」だとか、なんか難しい言葉使《つこ》うたけれどもな。僕はそんなの使うたことないねん。使うたことないというのは、そういう言葉を使うとえらい難しい話になんねん。

堂本　うーん。

河内　僕、大阪弁で非常にいい言葉があるなと思うのは、「あほになる」ちゅうことや。

堂本　「あほになる」。

河内　こんな楽なことないで。
堂本　アハハハ、そうですね。
河内　ほんまに。それはね、結局は「無」なんや。
堂本　あ、結局は「無」だと？
河内　と思うで。そやけど、その言葉、僕は使いたくない。難しいわ、「無」なんて。誰でも難しいて。違うなあ、あほになんねん。これ、「ばか」ちゃうで。大阪弁の「あほ」というのは、いい言葉や。
堂本　はい。いい言葉ですよね。
河内　「あ」いうたら、平仮名の「あ」は「安」という字からできていて、「ほ」は「保」やんか。だから、「安心を保つ」みたいなもんや、あほというのは。日々の生活の中で、ときどきパッとあほになれたら、ものすごく暮らしやすいで。
堂本　なるほど。パッと、ときには「あほ」になって。
河内　難しいこと考えたらあかん。簡単な例を言うたらな、朝起きるときから、それやねん。「ああ、眠たいな、寝てたいな起きならんか」と思わんとくねん。「あほ」になって、なんにも考えやんとふっと起きんねん。楽やで。
堂本　アハハハ。
河内　ええ言葉や。たとえば、漢字で「あ」という字は、「阿《あ》」を書く人もおるわ。「阿《あ》吽《うん》」の

「阿」。一番初めの「阿」や。あれでもええねんけどな。僕はね、「阿保」というのは、「阿を保つ」「最初を大切にする」こと。物事をすることのその始まりだろうと思うねん。

堂本　あほになる、ですね。

河内　それ重ねてみ。ものすごい人生過ごしやすいと思う。気が楽になると思う。

堂本　ほんまですか。ちょっとやりますわ。いや、僕ね、ちょっと真面目に考え過ぎる癖があるんですよ。

河内　ああ、そう。

堂本　自分の心の休め方が下手なんです。で、僕の心の休め方は、奈良へ帰ってくることなんですよ。奈良へ帰ってくると、あほになるとは違うんやろうけど、テレビとか芸能界とか人生みたいなことが、いい具合になくなるんです。自分が見ているこの空とか、人が歩いてるなとか、そういうのを吸収して、何も考えんとポッと家に帰ったりすると、自分取り戻して生活しようと思って。ただ、それやと、またガタがくる。で、また奈良へ戻ってみたいなことせなあかんねんけど、あほになればいいと。

河内　そう。若いからいろいろ迷うような話もしはるけどな、難しいこと考えたらあかん。僕はいい親方についたもんやから、迷わんと人生を送ってきた。

堂本　迷わんと？　へえー。

河内　親方は偉い人やったから。僕は迷うて自分で解決できへんときは、「あほ」になるか、

「親方やったらどうしたやろな」と絶えず考えんねん。そうすると、楽やで。

河内　そうか？（笑）

堂本　なんか僕が想像していたものが全部、覆されるばっかりです。

堂本　刀を作るうえで、「自分」というものをそこに込めたりするのか、あるいは込めないのか。刀と「自分」というものについては、どうとらえていらっしゃいますか？

河内　いや、そんなに難しいことは考えへん。職人仕事やからな。これを作ろうと決めれば、もうそれは腕やから、テキパキいきますよ。僕はな、あんまり言い過ぎるといけないのだけれども、「芸術家」って言葉は嫌いなのや。

堂本　はい。

河内　本来、それは、僕は、間違《まちご》うてると思うてるねん。できあがった物が芸術品となるのはええことやけど。だから言うて、作っている人が芸術家と自身が思うのは間違ってると思うねん。

堂本　はい。

河内　たとえばあまり良い例えではないけどな、弟子の頃、信州《しんしゅう》の蓼科山《たてしなやま》で刀作りに使う栗の立ち枯れの木の炭焼きをしてたとき、その木を、パン！　と割ったら、本当に何重にも層になったアリの巣が出てくる、それがどれほど美しいか、まさに芸術品や。僕はそれを床の間において花を添えたりしたんや。つまり、芸術家が作るから芸術品と違うねん。それを作ったから芸術家や思うたら、それはあかん。アリは小さな虫や。それを見る人がどう見るかで芸術品となるので、作る人間が芸術家ぶると間違うやろな。

堂本 うーん。なるほど。

河内 だから「自分」を込めるとか込めへんとか、そんなこととと違う。できあがったときに人にどれだけ感動を与えられるか、喜んでもらえるか。刀はいかに使えるかとか。それに命を賭《か》けられるかという、作る職人に責任はある。だから必死になって作る、腕を磨く。そのときに自分がどうのこうのなんて、そんなおこがましいこと考えへん。ふだんどおりにやるねん。職人仕事や。大工さんが家を建てるのと一緒で、鍛冶屋が刀作んねん。それで責任として銘を切る。そんなもんやて。

堂本 ミュージシャンて、非常に不思議なんですけど、たとえばギターを手に取ったとき、フィットする、しないがあるんですね。これはもう五感なのか、六感なのかはわからないですけど、何か吸い寄せられるようにこのギターはすごくいいと思って。

河内 そらそうやな、愛着やな。それを今度、自分が育てていくわけやんか。

堂本 そういう感じですよね。ヴィンテージの楽器も癖があって、それぞれフィットする、しないがあるんです。昔から受け継がれてきている刀とか、やっぱり独特の雰囲気ってありますか? 手に取ったときとか、職人さんからすると。

河内　何やろ。刀は美術品と違うで。美術工芸とまでは言えると思うけど、どこまでも工芸品や。それを美術品と言い切ると、間違ってくる。刀はどこまでも武器や。

堂本　どこまでも武器。

河内　そうや。それで人を切らなあかんのや。自分の命を守らなあかんねんからな。そのために美しくなった。美しくしたから、よう切れるようになったんと違うで。切れるから美しくなってん。用の美やから。その用がなくなったんでは、美しさだけでは残らへん。そこを間違うたらあかんわ。

堂本　そうですね。

河内　職人というのは、そのための仕事をするんやから。とにかく切れるもの、使いやすいものを作る。そんなものを作ろうと思ったら、絶対に美しくなるはずや。

堂本　ああ、そういうことですね。その道を歩いていくものを、自分がまず生み出して。

河内　音楽なんかどうやろ。えらい自分で満足してても、本当はあかんやろ。なんぼ自分で主張しても、誰も聴いてくれへんかって、誰も感動を受けへんようなもの作ったって。

堂本　だめですね。それは音楽はやめたほうがいいですね。

河内　やめたほうがええよな。自分で主張なんかせんでも、やっぱりいいものは残ってくる。聴いた人は何か受ける。それで十分や。

堂本　先程、迷ったら、親方やったらどうしたかを考えるっておっしゃってましたけど。

河内　僕の親方は宮入昭平《みやいりあきひら》という人で、僕はこの人について行こうと思ったのや。僕はよく言うねんけど、みんな必死になって就職先を探すやろう。職業を探す、そのことは一つ大きいことや、大切なことや。けどな、もう一つ大切なことは、人間を探せと言うねん。僕はいい親方を見つけたものやから、この人にずっとついて行ったし迷えへんかった。さっきの話で、切れ味や、切れ味やって言ってるけれども、自分の刃で切ったことあるのかといったら、僕は人を切ったことはないですよ。

堂本　はい。

河内　若い頃、自分の刀に自信がないもんやから、親方に「これで、切れますか」と尋ねてみると、親方は怒って「俺の言うとおりにやれ」と言い切らはった。その言葉を信じてる。親方は六十四歳で亡くなられたんやけど、今でも親方が僕の一つの目標であり、生きるための師やね。

堂本　それはすごいなあ。最初からこの仕事をやろうと思ってはったんですか？

河内　いや、絵描きになりたい時代が猛烈にあってん。

堂本　えっ、そうなんですか？

河内　ただ、それが、絵筆が手鎚《てづち》に変わってしもたんや。

堂本　それはどういうきっかけで？

河内　昔から絵は好きだったけども、昭和十六年生まれで戦後の大変な時期に、絵描きになりたいなんて親に言われへんかった。そんなことをすると、ちょっと変人みたいに思われた時代やったのですよ。運動も音楽も才能はなかったけど、絵心は昔からあったかな。

堂本　無意識のうちに。

河内　うん。この間、同窓会でな、「河内はようそんな生活してきたな」と言われたんやけど、僕、ゴルフもボウリングも知らんねん。マージャンも本気でやったことないし、カラオケも嫌いやしな。お寿司《すし》屋も行ったことない。キュウリ巻いたやつ……。

堂本　はい。カッパ巻き。

河内　あれ四十歳ぐらいで、「え、これカッパと言うんか！」と思うて覚えた。それまでは、寿司屋なんかあんまり行ったことなかった。

堂本　へえー。

河内　親父の仕事が刀鍛冶だったばっかりに、戦後、武器製造禁止令が出て、刀を作ったらあかんという時代となって。まさに「赤貧洗うが如し」で生活が大変やった。それで、僕が刀鍛冶になると言い出したとき、母親は反対したよ。僕は大学に行ってたので、サラリーマンになってくれると思ってたわけや。親父も、「もう刀の時代は来ない、もう終わりや」と僕らに教えて育てた。

堂本　そうなんですか。

河内　ただそうは言っても、家系は十四代続いてきていて、僕が十五代目やから、刀鍛冶になりたいと言ったときやっぱりどっかで親父は喜んでいたと思うけど。とにかく僕は宮入昭平という人が好きになってね。親方のとこでも五年間は、刀だけ習うて刀以外のことはなんにもしなかった。そのあと独立して、そのままここ吉野に住んで、刀ばっかり作ってた。そやから世の中のこと、何も知らんで。

堂本　すごいなあ。

河内　いや、そんなことないて。だから絵を見たり書を見たり、他人の伝記を読んだり、僕は君らを見ても、何かうらやましいとこがある。音楽の「オ」の字も知らんもん。

堂本　僕もそうですけどね。刀の「カ」の字も全然知りませんもん。

河内　面白い、面白い。ほな、「オ」の字も「カ」の字も知らん同士や（笑）。

堂本　はい（笑）。

河内　僕は修業という言葉も嫌いやな。そんな言葉を使ってるうちは、本物やないな。甘いと思う。なんでもかっこつけやんと夢中にやらなあかん。僕は弟子を取るときの条件は、「カラスの頭は白い」と僕が言うても、「うん」と言えるかというのや。

堂本　カラスの頭は黒いけど。

河内　僕が白いと言うたら「はい」と言うてほしいわけや。それでないと物事って進まへん。

堂本　進まない。

河内　うん。それは、三年間とか五年間やで。あとは、個性を潰《つぶ》したらあかんから、そんなむ

ちゃくちゃなこと言わへんで。そやけど、基本を習うということは絶対大事や。ところが難しいのは、何が何でもこうやれではあかんということ。その子によって違うねん。

堂本　そういうふうに言ってくれる上の世代の人達がいると、下の世代の人達はものすごく有難いですね。

河内　ああ、そうかな。

堂本　自分のものにしようと見よう見まねでやっても、結局基礎がないとどうしても途中で止まるんですよ。たとえば音楽でも、なぜ音楽なのかという話をしてくれる人がいて、「うっとうしいな、この人。わかれへんわ」と思いながらも、「はいはい、わかりました」とやっていた時期が僕もあるんですよ。「何でこんなシンプルな普通の曲を練習せなあかんねん」とか。でもやっていくうちに、いざ自分が曲を好きに作りなさいと言われたときに、やっぱりその基礎が役立ってるんですよね。

河内　うん、そうやろな。

堂本　そのときに、今おっしゃったように白やったら白で「はい」と言えと。ただ、その後に、個性を潰してはいけないからって、そんなん言うてくれる人がおったら。

河内　物事を覚えようと思うたら、せめて三年間ぐらいはそれこそさっきの話で、「あほ」にならなあかん。あんまり難しいこと考えたらあかんて。手鎚の持ち方は決まってる。職人の道具なんていうのは、みんな右利きや。左利きはない。

堂本 全部、右利きなんですか？

河内 右や。昔は左は忌み嫌われた。僕は入門したときは左利きやったんや。だから今でも両方使ってしまう。左利きやったから、向鎚《むこうづち》も下手やったし、手鎚なんか初めて右で使うたんや。僕は二十四歳から右にしてんで。

堂本 そうなんですか？ すごいですね。

河内 世間では脳の発達によくないとか、左利きの子はそのままいくほうがええとか、今はいろいろ言うけどな。そんなん直る、直る。本気になったらすぐ直るわ。食べる物でもそう。「食べろ！」言われて、無理にでも食べてたらそのうちにおいしなるで。人間ってそういうもんや。だからそこは素直にならな絶対あかん。本気になって自分がそれを覚える気やったら、三年間は親方の言うことを聞くのが一番早道やし、正しいと思うで。まあ、いい親方を選ばなあかんけどな。

堂本 そうですね。

河内 大きく伸びるには、やっぱり大きな人がつっかいい棒にならなあかん。それには、尊敬できる人間を探さなあかん。どの水で泳ぐか。泥水で泳いだらあかんて。やっぱりきれいな水で泳がんとあかん。僕もやっぱり他人の水によって育てられたと思うねん。

堂本　人間探しですか。

河内　そう。せやけど僕も親方になったからいうても人間なんて簡単に育てられへんかったなあ。この子、うまなるなあと思った子がだめになったり、この子大丈夫かなと思う子がうまくなったりするもんや。

堂本　そうですね。人って不思議ですよね。

河内　不思議やで。自分の子供だってな、僕は四人おんねん。思うように育ってないよ。みんな勝手にやっとるわ。

堂本　勝手にやっとる！（笑）

河内　人は思うようになんていかへん。方程式はない。自己指導力があるか、どうかや。僕は自分がけっこう強いもんやから、人に感謝とか、そんなことあまり思ったことなかった。そやけど、近ごろは違うな、年とったかな……。僕な、弟子に偉そうに怒るときがあってな。今まで五十数人が弟子入りしてきた。僕の三十歳ぐらいから今日までに。

堂本　はい。

河内　それでも、僕が「國」という字を与えて独立させたのは六人や。あとの子は、四年で辞めた子もおるし、三日ほどで辞めた子もおる。いろんな子が来たな。そのときに僕、偉そうに、近ごろ言うのはな。とにかく君が鍛冶屋になろうと思ってここまで来た。簡単に「辞めたい」と言うけどな、ここまで来るまでに道もあったやろ。それはな、誰かが道路を作ったからや。

車に乗ってきて、自分がガソリン代払うてるから、自分の車や思って乗ってきてるけど、それは違うで。やっぱり作った人もいるねんて。電車に乗るのもな、そこには運転手さんもいて、車掌さんもいて、線路を作ってくれた人もいるから乗れてきたんやで、と言うねん。自分勝手にお金払うたから、勝手に乗って改札出てきてんのと違うでと言うて、僕怒るんや、その「辞めたい」という子に。

堂本　へぇー。

河内　そんな簡単に自分が、これ「始めます」、「やります」って、勝手気ままに決めるもん違うで。自分ひとりで生きてると思ったらあかん。

堂本　本当そうですよね。

河内　そうや。やっぱりいい職業を選ぶというか、いい人生を選ぶというのは、人を探すことや。もうこれが一番やと僕は思う。

堂本　僕ね、今、何かじわじわ来てますね、その言葉。「人を探す」こと、「あほになる」こと。もうちょっと視野を広げて生活してみようかなと、今、お話を聞きながらずっと思っていたんですよ。

河内　うまいこと、歌われへんようになったら、「阿呆」になり。一番ええ方法やわ。

堂本　一番いい（笑）。

河内國平＿刀匠×堂本剛

「自分」のはなし

剛の対談後記

最初にお会いしたのが、静かに部屋で鉄をねってはる河内さんだったので、どういう人なんだろうと。職人の人って固いイメージがあるじゃないですか。でも実際にお話ししたら、すごく気さくで柔らかい。だけど、芯《しん》が堅くて男らしい人で。帰る頃にはすっかり普通の〝ええおじいちゃん〟になってましたね。「もう帰るんか？　また会えたら、今度はカメラ回ってないところでゆっくり話そうな」なんておっしゃってくださって。なんかそれもうれしくて。

鍛冶屋さんと音楽の共通点を探るのは難しかったですけど、河内さんがおっしゃる「あほになれ」という独自の哲学は心にじわじわ響きましたね。そうか、それでいいんだなって。あと、三年くらいは「カラスが白や」と言ったら、弟子には「はい」と言ってほしいけど、個性を潰し過ぎてはいけないから、その後は自由にさせてあげなきゃいけない、というお話をされてはったことも印象的で。あんな人生の先輩に出会えたら、幸せやと思いますよ。

でも「本当は絵をやりたかった」とか、「絵を描く人はうらやましい」とか、「あんたの音楽という世界もうらやましいと思うねん」という言葉まで出て来たのは意外でした。もしかしたら、河内さんは本当の自分というものがちゃんとわかっている人だから、自分というものを押し殺しながら、こうだというまっすぐなところで刀を作ってはる人なのかなとも思ったり。そうやって「本当の自分」を作りあげたのかもしれない。伝統を受け継ぎ、自分で築き上げて、未来へまた伝授していく。素晴らしい仕事ですよね。

対談の中でも話しましたけど、「刀鍛冶」とか「仏像修復師」になりたいと僕、本当に思ってました。奈良で生まれたからということもあるけど、なんでしょうね。あのぉ、僕自身は「生まれ変わり」とか「前世」みたいなことは、あまり信じてないというか、決定付けないで生きるようにしているんですね。でないと、今こうして生きていることが薄くなってしまうと思うので。それでも、小さい頃から「刀鍛冶」とかに興味があるということは、ふるさと奈良で生まれたからか。それとも、昔、何か生まれ変わる前はかかわっていたのかな、なんて思うふしもあったりして。でもそれは想像の範囲で楽しむこと。思い込んだり信じ込んだりすると、自分を見失ってしまうおそれがあるので。

ただ、本当に憧《あこが》れていました。だから、現場にお邪魔して、河内さんの作った刀まで間近で見せてもらってめっちゃ興奮！　贅沢な一日でした。

CROSSTALK 06

甲野善紀

武術研究者

×

堂本剛

「精神」のはなし

KOKORO NO HANASHI

TSUYOSHI DOMOTO

身体の運用法を独自に研究してきた甲野善紀氏から、不思議な身体の使い方を教えられ思わず引き込まれた堂本剛。身体の安定は心の安定とつながっていること、自分の意志と身体とのバランスを体感したことで、自由で柔軟な「自分らしい生き方」を見つけるヒントが得られたよう。

PROFILE

甲野善紀（こうの　よしのり）
1949年、東京都生まれ。「人間にとっての自然」を自らの身体感覚を通じて探求しようと武道を志す。合気道、鹿島神流等を学び、1978年に松聲館道場を建て、独自の武術探求を始める。それまでの常識を覆すような理論と技は、スポーツに応用され、2002年当時巨人軍の桑田真澄投手が松聲館道場に通って最優秀防御率を達成した事で、広く世間に知られる。その後、楽器演奏、介護などの分野に応用されて注目を集める。2007年より３年間、神戸女学院大学客員教授も務めた。現在、武術に関する講座や講演会を各地で開催している。主な著書に『剣の精神誌』（ちくま学芸文庫）、『自分の頭と身体で考える』（養老孟司共著、PHP文庫）、『武道から武術へ』（学研パブリッシング）などがある。メールマガジン『風の先、風の跡』も好評。公式HP　http://www.shouseikan.com/

堂本　はじめまして。堂本と申します。

甲野　甲野です。今日は堂本さんをいろいろ驚かしてみようかと思って。

堂本　えっ、驚かす？

甲野　ちょっと動いてみましょうか。堂本さん、右手で私の手の甲を触っててください。

堂本　先生の手の甲を？（触る）

甲野　それで、私が堂本さんに触られている手で、ぱっと堂本さんの右手をたたきに行くので逃げてください。手を引いても、横に逃げてもいいですから。

堂本　どう逃げてもいいんですね？

甲野　たたかれるのをぱっと逃げてくださいね。はい。

堂本　（逃げる）

甲野　逃げられるでしょ？

堂本　はい。

甲野　たたくの逃げられますね。となると、私が堂本さんの腕をつかむのはもっと難しい。人間っていうのは、視覚より皮膚の接触感覚のほうが反応が速いから触ってもらったのです。

堂本　先生の手が離れたと思った瞬間、僕は逃げるということですか？

甲野　はい、じゃあいいですか？　私の手が動いた感じがしたら逃げてください。

堂本　（瞬間、ぱっと堂本の手首を甲野がつかむ）おお、おっと？

甲野　これはなんでできるかというと、普通は器用な手と腕で、堂本さんの手の下から上に行くのも、手を伸ばすのも、つかむのも、すべてやろうとするからですよ。

堂本　はい。

甲野　しかし、私の場合、手は、堂本さんの手首をつかむだけ。堂本さんの手首をつかみに行くために、手がそこまで行くには、腰が沈んだり、背中を使ったり、手と腕以外の体の部位が働いているんです。掃除はみんなでやったほうが早く終わるでしょ？

堂本　なるほど……。身体の中で仕事を分担するからつかめるんだと。

甲野　そう。掃除でも片付けでも、みんなが手分けしてやれば早く終わる。

堂本　すごいなあ。先生は一日中、こういうことを考えたりしはるんですか？

甲野　潜在的にはね。今は忙しいので稽古《けいこ》している暇がなかなかないんですけど、昔は稽古をやるときはやり過ぎるくらいやりました。でも、やり過ぎると飽きてくるから、飽きる前に打ち切るのが大切なのですが、これがすごく難しいんです。

堂本　やり過ぎて飽きる前に？

甲野　飽きてからやめるとね、稽古をやってない時間が無駄になるんですよ。十分やったと思う手前でやめると、ほかのことをやっていてもそのことをずっと潜在的に考えてる。つまり、もっとやりたい！　と気持ちが上昇していくところで打ち切る。それが大事。

堂本　人間、楽しいとやめられないですからね。その、もうちょっとだけやりたいというのを見極めて、やめるんですね。

甲野 そうそう。だから、うまいものは腹八分目にしろって言うでしょう。

堂本 たしかに、ご飯はそうですね。

甲野 稽古をずっとやっていると「ああ、ダメだな。違ったな」って、だんだん意欲が落ちてくる。でも「ああ、もっとやりたかったのに」という手前でやめると、やる気が続くので電車に乗っていようと何をしていようと、常に潜在的にどこかで考えてる。

堂本 なるほどねぇ。

甲野 興味があれば、何気ない動きでも「あれ何だろう?」って技のヒントになったりするんです。子供が転んだときの仕草とか、トカゲがクルッと動いてるのを見ても。

堂本 いわゆる、僕らが作詞をするとき、歌詞が浮かばへんなっとなって、外でぶらぶら歩いて、人の動作とかなんとなく見てメモって、それでフレーズが浮かぶ、みたいなもんですね。でもトカゲの動きまで見るってすごいなあ。

甲野 面白いですよ。たとえば、尻餅《しりもち》をついている人を立たせましょうといったとき、だいたい向かい合ってその人の両手をとって、上から引っ張って持ち上げようとしますよね。

堂本 あ、もう次の動きですか? 両手を引っ張って持ち上げようとしますよね。

甲野 すると、難しいと思いますよ。やってみるとわかる。

堂本 (しゃがんだ甲野の手を引っ張るが、なかなか起こせない)本当だ。

甲野　でも、私が教えれば二分くらい後には、鼻歌混じりに起こせますよ。

堂本　鼻歌混じりで起こせます？　え、どういうことですか？

甲野　まず、親指の第一と第二の関節を曲げる。で、手の甲を少し反らすように手首に角度をつける。

堂本　はい、ここが大事。それで手首のところで両手を交差してください。

甲野　こうですか？（と言いながら両手を交差する）

甲野　尻餅をついた相手には、その交差した腕にぶら下がるような形でもってもらって。堂本さんは膝と腰を伸ばしながら、後ろに下がる。

堂本さんが力ずくで甲野さんを
起こそうとするが……難しい！

親指の折り方と手首の角度を付け
身体の前で交差させる

簡単に引っ張り上げることに成功。
堂本さん、思わずニヤリ

堂本　難しそうやけど。（やってみると、スーッと先生の身体が持ち上がる）おおー。面白い。

甲野　この親指の折り方と、手首の角度で、足の裏から背中の筋肉まで、全身が使えるんです。

堂本　へぇー、てこの原理でもなく……。

甲野　これで何がわかるかというと、昔、人間の先祖は手が前足だったということです。手の甲側の負荷に全身が協調するということは、四足歩行の名残。人間は二足歩行ですが、まだ基本的な構造は、地上を四本足で歩いていた痕跡を身体中に残してる。

堂本　骨格は。

甲野　骨格と筋肉の構造が、まだ二本足への過渡期なんですね。

堂本　へぇ〜。

甲野　我々は、二本足に完全には適応してない。だから心に不安が生まれる。二本足に完全に適応して、ダチョウみたいにそれに不自由がなければ、不安も感じないでしょう？　人間は二本足でバランスをとって立っていることが不安定であり、だから不安になる。それを何とかしようとするために、芸術や宗教やいろんなものが生まれた、というのが私の説。

堂本　なるほど。甲野説ですね。面白い。

甲野　武術的な身体の使い方が、ある程度出来るようになれば、いろんなことができるんですよ。楽器演奏の人達もずいぶん私のところへ来てますよ。

堂本　身体の使い方をアドバイスしてるんですか？

甲野　そうですね。音楽家講座をすると、打楽器、金管楽器、見たことのない民族楽器とかもあって、私はそうした楽器の予備知識はゼロだけど、目の前でその人の動きを自分の身体の中に取り込むと、あ、この使い方が不自然で無理がある、といったことがわかる。

堂本　すごいなあ。

甲野　あと、料理で泡立て器でメレンゲなんかを作るとき、片足立ちでやると全然手首の動きが違って、片足のほうがずっとラクなんですよ。

堂本　えええっ？　そんなん知ってる人、いないですよね？

甲野　人間って、不安定だったら余計、不安定だろうと思うけれど、かえっていいんですよ。

堂本　かえって安定したり、緊張がほぐれたりする場合があると？

甲野　そう。これはね、半分は笑いのネタですけど、面白い例えがあるので……、よく中学生になって数学を習うと、いきなり「マイナス×マイナス＝プラス」だって教えられるでしょう。

堂本　ああ、ありますね。

甲野　これってすごく理不尽な感じじゃないですか。「マイナス×マイナス＝プラス」ですよ。でも、「力を使わず椅子から立つ」ということをやるとよくわかるんです。つまり椅子から立ち上がるのに、たとえば右足が滑ってバランスを崩したら、「おお、危ない」ってそのまま倒れるでしょ？　倒れるのはマイナスって雰囲気、わかるじゃないですか？

堂本　はいはい。

甲野　で、右足が「危ない！」ってなって重心が傾いたとき、もう一方の左足のほうでも膝を折るみたいに滑らせると、右と左の滑った動きが合成されて、自然と立ち上がるんです。つまり「マイナス×マイナス＝プラス」ということになる。

堂本　おお、プラスなんだってことがわかるんですね。

甲野　だから人間もマイナスのとき、心が折れそうになったら、自分で切り取ると新しい芽が吹きやすいんですよ。ふっと危なくなったら、もう一回危なくしてやれば、逆に安定する。

堂本　なるほど。

甲野　また、こういうのがあるんです。これはすごく不思議なんですけど。「虎ひしぎ」といって、手をこの形にするだけで、足腰が大変強くなるんです。（注／鷲《わし》の手のように掌《てのひら》を窪《くぼ》ませる。ポイントは親指を、内側に曲げて内旋させ、人さし指は曲げた親指にリードされて前腕が内旋するのを反対方向にと拮抗《きっこう》するように外旋させる）

堂本　はい。

甲野　これはね、寝技に巻き込まれない。たとえば、私が仰向けで横になっていて、相手が私の膝を横からはらおうとしても、両手を虎ひしぎの形にしているとはらうことができないんです。リアルファイトの人はそんなの漫画の世界だと思うでしょうけど、まさに漫画！

堂本　たしかに先生の足をはらおうと思っても、先生、全然動かないですもんね。
甲野　ブラジリアン柔術で日本でも有名な人ともやりましたけど、まだ一回も組み伏せられていないですから。でもこれ、一般の人には別にあまり関係ないように思うでしょう。
堂本　ええ。
甲野　ところがこれは、一般の人にもものすごく役に立つ。
堂本　いざというときなどですか？
甲野　まあそれもありますね。万が一、暴漢にあって地面に引き倒されて、危ない！　と思ったときでも、手をこの「虎ひしぎ」の形にしていると、思いっきり相手の顔を蹴ることもできるんです。
堂本　へぇー。
甲野　でも、それよりもふだん役に立つのは、段差を登るときに、とてもラクなんです。
堂本　えっ、何？　何？
甲野　たとえば、少し離れた椅子に上がろうとしますよね。椅子が離れていると、前に重心がついてこないので、足が届く前に前足が落ちるので、とりあえず後ろ重心のまま、前足だけ段差の上に乗せ、横を向いて手を振って勢いをつけて飛び乗ったりしますよね。
堂本　普通に考えたらそうですよ。
甲野　ところが、手を「虎ひしぎ」の形にするだけで、こうやってスッと乗れる。

堂本　ええー？　どういうことになってんの？

甲野　これだと、階段は低ければ二段飛ばし。まあ少し高めなら一段飛ばしで二百段くらいを一気に駆け上がっても、息がほとんど切れない。

堂本　じゃあ、神社参りとか、めちゃめちゃいいじゃないですか。

甲野　普通の人でも余裕でこなせます。やってみますか？

堂本　はい。

甲野　両手を虎ひしぎの形にして、すると肩が落ちるでしょう。で、ぐうっと腰を落として、あの椅子に乗ってみて。

堂本　（スーッと軽やかに椅子に乗れる）先生、これなんかありますよ！　なんかそれを成し遂げようとするスイッチみたいな、気付いてないレベルのものがたぶん入ってるような。結果、到達する気がするんですよね。普通やったら届かへんとか思って……。

甲野　そう、できない気がするでしょう。でも、手をこうやって「虎ひしぎ」にして腰を落とすと、「いけるかもしれない！」って気になるでしょう。

堂本　それが、いわゆる人間の潜在意識っていうか、能力を……。

甲野　身体の構造が「間に合うよ！」ってちゃんと教えているんです。

堂本　ということは、いかに我々の身体は使ってないところが多いかってことですよね。

甲野　そうですね。できないと思わないとできる。火事場の馬鹿力っていうじゃないですか。

あれは「私、これ持てるかしら？」とか余計なことを思わないからできるんですよ。

堂本　できる？　とか思ってやっている暇もない。

甲野　とにかく持ち出さなきゃ！　と思っているだけの話であって、できる、できないという考えは吹っ飛んでるんです。だから一気にその先にいける。

堂本　すごいな。先生、本当に軽やかですよね。駆け込み乗車、すぐできますね、これ（笑）。

甲野　六十四歳には見えないでしょ？

堂本　最初、入ってきたときは、先生は人間に見えてたんですけど、今、ちょっと人間に見え

「虎ひしぎ」で段差に静かに乗ると言われ、半信半疑の堂本さんだが

ふわりと乗った甲野さん。その一瞬の動きに言葉を奪われる

次々繰り出される技に、堂本さんのこの驚き冷めやらぬ表情!!

てないですもんね。さっき先生の身体に触れたとき、普通にガタイのいい兄ちゃんでしたもん（笑）。僕、先生と三十、年齢が違うの、知ってます？

甲野 もちろん。私が三十代の頃はまだ時間があって、徹夜で木刀振ったりしてました。

堂本 徹夜で木刀振ってたんですか？ 僕、まだ振ったことないですよ。先生はふだん、何食べてはるんですか？ 何を食べてここにたどりついたのか。

甲野 私ですか？ 雑穀が好きなんです。キビとか、ヒエとか。

堂本 ああ、なんかそうあってほしかったですよ。普通に「そうですね、ファストフードとか、けっこう行きますしー」って言われたら、ちょっと切なかったです（笑）。

甲野 （笑）

堂本 先生の頭の中にあるいろいろなことを、今、身体で感じてみて、自分の身体がどう動いてこういう動きになるのかという、不思議な体験をいっぱいさせていただきましたけど、ちょっと僕の想像していたものとまた違ったんですね。何か力を利用して、でもなくて、逃がすでもなく、向かうでもなくみたいな瞬間が生まれるじゃないですか。

甲野 いわゆる、闘志をかき立てている、というのとは違うんです。身体は精神とも非常にリンクしているから、「必ずできるぞ、できるぞ」と言い聞かせていると、「できる」と言い聞かせているのとは裏腹に、自分ができないから懸命に自分を元気づけているのだなと身体は知ってしまうのです。何かをやろうとすると、人は必ず、「できるかな、できないかな」と先を占うんですよ。ところが、さっきも言いましたけど、火事場の馬鹿力というのは、「もう持って出るしかない」と思って、「できない」とか「できる」とか考えないからできるんです。

堂本　確かに普通の人だったら、やっぱり構えちゃったり、できないから「できるんだ！」と自分に言い聞かせがちですよね。そういう心理が働きますけど、そうではないと。

甲野　そう。「できる、できない」ではなく、「もうやるだけ！」という感じですね。

堂本　始めるぞ、ではなく、始めるんですね。

甲野　ただ、自分がそういう身体の状態になれないというのは、そういう心の状態でもあるんですね。私なんか子供の頃はものすごいあがり性で、とても人前で話をしたり、教えるなんてことは、死んでもできないだろうと思うほどでしたからね。

堂本　そうなんですね。

甲野　それができるようになったのは、やっぱり身体の問題ですよね。つまり不安なときとか怖いときって、重心が上がってきて、心臓もドキドキするでしょう。でも、手を中指は除き、親指と人さし指、小指の三本の指先の腹を合わせて、薬指は逆に手の甲側に反らせるような形にすると、ドキドキする心を鎮められます。ですから、同じ手の形をした両手の薬指を絡めて反らせた形にして、肩を落とすようにすると、横隔膜が下がり、落ち着いてくる。緊張してあがるなって思ったときにこれをやると、緊張がスーッと引いていくんです。

堂本　先生の場合は、心理戦なのか、体幹というか、身体の仕組みを利用しているのか。

甲野　東洋の考えは「心身不二」という心と身体を別に分けて考えないというものですからね。昔、武士ですごく度胸があって、いざ殺されそうになっても悠々として、少しもうろたえなかったという話がありますけど、身体の中の重心が浮かないようにしていると、結局ドキドキしようと思っても人はそうなれないんです。それは精神の訓練というよりも、身体をそういうふうに統御できると、ドキドキしないんです。

堂本　へぇー、すごく面白いですね。

甲野　だから、体育というのはとても大事なんですよ。現代の教育は体育が軽視されていますけれど、気持ちのコントロールができるとか、いろんな問題に対応できるような動ける身体を作る体育は大事なんですよ。今は物を運んだり担いだり、何かを縛ったりすることが本当に不器用になっているでしょう。でも、ああいうことが、本当は体育の基礎なのです。

堂本　ああ、そういう動作ひとつひとつが。

甲野　はい。だから、本当はそういうことをやるべきだと思うのです。私の持論は、小学生、特に低学年は国語と歴史と体育だけで、歴史の中に算数も理科も全部入れて教えればいいと思ってるんです。たとえば、五メートル、四メートル、三メートルと三角に杭《くい》を打って縄を張ると、ピタゴラスの定理で直角ができるとか。そういうのを体育で、杭を打ちながら学ぶと印象深いし、応用も利く。だから科目をいくつもに分けないで、子供達は山登りして、今のがヒヨドリの声だとか、この石は花こう岩だとか、あの雲は積乱雲だとか、そうやって自分達で体験して学んでいくと、全然応用力も違うだろうと思うんです。

甲野　そうやって学んだほうが役に立つと思うんですよ。

堂本　子供はそっちのほうが入りやすいでしょうね。目で見せて教えてというより、体感していくことのほうが。頭では忘れていても、身体で覚えていることってありますし。

甲野　そうやって学んだほうが役に立つと思うんですよ。

堂本　体感しながら数学も歴史もそこに入れていけばいいとか、先程からいろいろ見たりお話しさせていただいたりすると、本来、人間はこうだと考えてしまいそうなことを、違う方向から考えることをよくされるのかなと思うんですけど。

甲野　常識的なところの裏に行って、そしてさらにその裏に行くと、裏の裏で一回りして、一見同じ表のように見えるし、また何年か前にも口では同じようなことを言っていても、実は全然違う意味になっていたりするんですね。らせんが一段階、上がっているような感じで。一回りしてくると、違う風景が見えてくるように、言葉って限られているから、同じ言葉を使っていても、そこで気づいている内容というのはやっぱり違うんです。

堂本　らせん状って面白いですね。一回りすると大体同じ点に戻っていくイメージがありますけど、戻りながら上昇していくというか……。

甲野　要は、いかにさまざまな状況に、より納得がいくように対応できるかということで、これは「人間にとっての自然とは何なのか」ということをいつも課題として持つことです。

堂本　たしかに、今はいろいろ不自然なことも多いですもんね。

甲野　今は特にそうでしょう。それはやっぱり人間の業の深さというか、やめられなくなってますからね。エネルギー問題にしてもさまざまなことがあるし、環境破壊も進んでいる。昔は人間なんかいなくなって、自然に任せればきれいに戻るんじゃないかと言われていましたが、今はそうはいかない。人間が処理しないとどうしようもない。

堂本　人間がつくったものは……。

甲野　そう、戻らない。原発とプラスチックごみがその代表でしょう。これらは人間が何とかしなきゃならないですからね。そういう時代になってきているんです。

堂本　そうですね。本来こうあるべきだということからどんどん遠ざかっていって、今は便利は自然とついてはきますけど。いわゆる不便利というか、不便利な中に人間らしさみたいなものも昔はやっぱりありましたしね。

甲野　私が去年、読んだ本の中で一番印象に残ったのは『ピダハン：「言語本能」を超える文化と世界観』です。ブラジルの奥地ですごく素朴な生活をしている部族についての本です。近代文明に触れて二百年以上になるのに、ほとんど近代文明に精神が侵されなかった部族で、言葉があまりにも素朴だから、近代文明をうらやましいという概念すら浮かばないんです。その人たちに何とかキリスト教を普及させて救おうと思った著者が三十年も一緒に彼らといたんですけど、どうも彼らのほうが自然で、彼らのほうが幸せだと結論づけて、この著者のほうがキリスト教を捨ててしまったのです。なぜなら、布教するためには、まず「我々は何と哀れな存在だ」と思わせることが必要なのですが、彼らは自分達を哀れな存在だとは全く思わなかったからです。

堂本　はい。

甲野　そうすると、人間にとって根本的な幸せって何なんだろうという問いを突きつけられますね。次々に起こってくる「欲」というものを感じないくらい素朴な概念しか持たず、気が向けば三日間、食事もしないで踊り通し、何でもないことを腹の底から大笑いして楽しめるという。それと比べて、いろいろ便利で、車や電話や冷蔵庫があったりするけれども、原発の事故だとか、ＰＭ２・５だ、といった環境破壊で水や空気が汚染され、「これからどうなるんだ」という不安を抱えている現代人と、どっちが幸せかということですよね。

堂本　今、同じ時代を生きている若い世代の人も、年を重ねた人も、やっぱり何か人間らしさというんですかね。もっと突き詰めると、自分らしさって何なのかということを考えている人ってすごく多いと思うんですね。やっぱりいろいろ便利になって、プロセスというものを省略して、すぐ答えに到達しようとする時代だから、どうしても本当の答えは遠ざかっていく一方で。でも、それにもまた気付けないトラップもいっぱいあったりして、今の時代を生きている人達って、自分自身をしっかり持っていないと、時代に流されることもできるし、どういう方向にも行けてしまうし、非常に怖いなとも思うんですよね。

甲野　そのへんの生き方に目が覚めれば希望も持てますが、現在の便利な生活のままで、ということになると、どんな賢い人でも現代のさまざまな問題を解決するのは難しいでしょう。

堂本　そうなんですよね。これは本当に答えが出ない問題で。先生のその発想の転換というか、今もいろいろなことを生み出そうと考えてはったりすることは、とても興味深いです。

甲野　まあ、いろいろアイディアはありますけど、生活のしかたを根本的に変えないかぎりは難しいでしょう。変えるといえば、私の武術の技に関しては、自分のやっていることがいいとは思っていないんです。でもそれだから、三十年間、スランプが一回もないんです。

堂本　三十年間、スランプ、ゼロですか？

甲野　ゼロ。それはなぜかというと、野球選手なんかは三割五分打てば、「けっこう俺っていいセンいってるな」と思うからスランプになるんですよ。「何で五割打てないんだろう、情けないなあ」と本気で思っていればスランプになるわけがない。つまり、私は今できることに対してそれなりに自信はありますけど、私が仰ぎ見ている昔の武術の名人に比べたら、自分がいかに未熟か、まだまだ進化し、変わらなければならないことを痛感させられますからね。

堂本　ええー。僕からしたら、どんだけ動かはんねんと思って見てましたけど。

甲野　何か一つわかると、それを土台にまた新しいことを考える。私が自分の技を説明するのによく言うのは、ヨットが発明される前、行きたい方向から風が吹いてきたら、櫓《ろ》でこぐか風待ちするしかなかったんですけれど、三角帆のヨットがあれば、向かい風が吹いてきたって帆を切りかえてジグザグ航行すれば、風上にも行けるということです。その原理を知らなきゃ、まるで魔法の船ですよね。ですから、技もそういうふうに考えれば、まだまだいろいろ開発の余地はあるんですよ。せめてもうちょっと、今の原理が三十代の頃わかっていればと思いますけどね。そこから三十年くらいあったわけですから、今よりはかなりのところまで行けただろうなという気はしますけど。まあ、しょうがないです。

堂本　今って、「自分」というものを持つことがすごく難しい時代でもあると思うんですね。何か段取りが世の中にあって、こう言っといたほうが無難とか、整列させられるようなイメージで、オリジナリティーをちょっとだけ出すぶんにはいいけど、そこは外れるなよ！　みたいな、自分というものを出しづらいところがあると思うんです。そういう中で、甲野さんは「自分」というものをどんなふうにとらえていらっしゃいますか？

甲野　私は、「人間の運命は決まっていて自由だ」ということを二十一歳のときに気づいたんです。それはもう悟ったに近いくらいの実感があったので、今後は生涯かけてこれを感覚レベル、感情レベルでも確かにしようと。それで武術を始めたんです。なぜならば、どうせ運命が決まっているんだといったって、打たれそうになったら何とかしようとするじゃないですか、攻撃されたら動かざるを得ないでしょう。その動いている自分というのが、動いているのか、

動かされているのか、いったい何なのか？　ということを見つめたいと思ったんです。

堂本　へえー。

甲野　だから「自分」とは、自分がやることと、やらされていることが一つになっている、いわく言いがたい世界で、それを実感するのには武術が一番向いていると思ったのです。

堂本　「自分」という世界……。

甲野　そう。この「人間の運命は決まっていて同時に自由だ」という私の確信は、以前一緒に本を出した漫画家の井上雄彦《たけひこ》さんが宮本武蔵を主人公にした『バガボンド』の中で沢庵《たくあん》和尚に言わせていますね。

堂本　うわー、面白いですね。やっぱり自分がやっているんだという実感とか、やらされているにしても、何か理由というか答えが欲しかったりするじゃないですか。でも、その双方というか。

甲野　つまり、一枚の紙に、表は全部予定が書いてあるけれど裏は真っ白で、それが同時にそこに存在しているということ。決まっていることと、自分が自由にやっていることとは、言葉で言えば矛盾しますけれど、感覚的には矛盾しないところを目指しているんです。

堂本　ああ、すごくわかります。

甲野　武術の、私なりの定義は、「矛盾を矛盾のまま矛盾なく取り扱う」ことなんです。それさえ自覚できれば、これはもう何が起きても大丈夫だなと思って。少なくともそれに一歩でも半歩でも近づくようにしようと思って、私は武術を志したんです。

堂本　へえー。

甲野　でも、二十代はずっと灰色で、二十九歳のとき、まだ全く未熟でしたが、独立して武術を専門にしようと決めたんです。ダメならほかのことをやろうと。でも、どこかで自分は絶対これでいけるだろうという根拠のない自信があったんです。そうしたら、やっぱり普通じゃない運のよさに恵まれて、武術の技の上でも得がたい人たちと出会えて、私の技が大きく変わりましたし、世の中に出るという面では、例えば『バカの壁』を書かれた養老孟司《ようろうたけし》先生に出会って、そこから不思議と人と人との縁がつながり、今の自分があるのです。

堂本　面白いなあ。

甲野　まあ「出る杭は打たれる」と言うけど、「出過ぎた杭は打たれない」とも言うので。「出過ぎ」と言えば、この年齢で柔道の日本代表選手と手を合わせて驚かれたりしてますからね。

堂本　そうか、出過ぎればいいのか。なるほど、先生、いいこと言ってくれました！

甲野　我々はよく言いますけどね。でもさすが堂本さん、どう生きたらいいのかなということを本当に探られている、考えられているんだなということがよくわかりました。

堂本　あ、本当ですか？

甲野　ええ、番組だからとかではなく、ふだんから考えられているな、と。さっきも言いましたけど、心が折れそうになったら、自分から折る。切り取っちゃって、新しい芽が吹くようにすればいい。

堂本　相手に折られる前に「自分」で切る。そうすれば、相手に折られることはない。

甲野　世間の多くの常識と真っ向からぶつかったりすると、大変は大変ですけど、誰がどう言ったって、「肯心自《おの》ずから許す」といって、自分が納得いくかどうかが一番大切。それが自分の価値観の基準だと思って生きていけばいいんじゃないかと思いますけどね。

堂本　いやぁ、今日は先生とお会いできて、武術以外のところでも、自分が生きていくうえで、参考にさせていただきたい部分がいっぱいありました。出過ぎてしまえばいいとか、心が折れる前に自分から折ってしまえばいいという発想は、非常に面白かったです。是非ね、神社の階段、ほんまに登れるのか、ちょっとやってみようかなと思ってます。監視カメラとか最近あるんで、映っちゃう可能性あるんですけどね（笑）。

剛の対談後記

言われたとおりにやってみると、身体が驚くような動きをする。甲野さんが独自で考えられた理論を実践してみると、何？　何？　今のどういうこと？という不思議な体験の連続でした。自分の身体のことって、わかっているようで、実はあんまりわかっていなかったんでしょうね。いろんな技を見せていただくうちに、どんどん甲野さんが自分の中で超人化していくのが面白かったなあ。「心と身体はつながっている」という考え方は、とても興味深かったです。

武術以外でも、参考にさせていただきたいなという言葉もいくつかあって。たとえば「心が折れそうになったら、自分で折っちゃえばいい。そうすれば新しい芽が出る」なんて発想は、非常に面白いですよね。次元は違うけど、自分もそういうようなことをしてきた部分もあるんですよ。「出る杭は打たれる。ならば出過ぎちゃえばいい」なんていうのも、なるほどなと思った。

身体のことを知るのは大事なことだと思います。たとえば、筋肉でいえば、背筋が一番人間の中で容量を占めているので、背筋を鍛えれば代謝があがって、脂肪が燃焼するんですよ。そういうダイエットもあるくらい、人間の中で筋肉は一番背筋がデカいわけ。じゃあ、その背筋をどうやったら鍛えることができるかというと、もちろんジムとかに通って運動したり鍛えたりする方法もあるけれど、ただただ姿勢を正しくして歩くだけで全然違うんですよね。歩くと背筋がすごく鍛えられるんです。でも姿勢が悪いと鍛えられにくかったりする。姿勢一つ、ちょっと気を遣うだけで、身体は全然違ってくるんですよ。

これは音楽をやるときにも通じることでね。姿勢がよければ声も出る。歌を歌うにもいいことしかない。ギターを弾くにしても、どうしても前傾になりがちだから、意識して姿勢を正すようにしたほうがいいわけですよ。まあ、僕が得た身体に関する知識なんていうのは、このぐらいのものですけど。

甲野さんは飽くなき探求心をもって、武術を通して身体のことを追求している方で、子供が転んだときの動作から、トカゲがクルッと動くところまでジーッと見て技の研究をされているそうで。さすがに僕らはそこまでできないけど、もしかしたらちょっとした生きるヒントみたいなものはどこにでもあるのかもしれないなとは思いました。

と言っても甲野さんがおっしゃっていたとおりの形に手をやって、駅の階段を駆け上がる集団とかが出てきたらどうしよう（笑）。

あとがきにかえて

「ココロ見」の制作はまず、どなたとお話をするかを探ることから始まります。テーマに即して、あるいは是非この方と堂本さんの対話が聞きたいとディレクターは取材メモを作り、ロケのおよそ一か月前に堂本さんと入念な打ち合わせを行います。

堂本さんにいつも感心するのは、どんなに忙しいときでも、絶対に手を抜かないこと。誰とどんな話をして、自分の意見や体験を語れば、誰かを救う一言になるか、常にこの一点に真剣にこだわります。

こうして迎えるロケ。本番前にスタッフと簡単な流れを確認後は、堂本さんと賢人の方とのガチンコの問答にすべてをゆだねます。堂本さんと賢人は、カメラが回る中で初めて顔を合わせ、お互いを探りながら次第に距離を縮め、ココロの内を見せ合うようになります。その成り行きはいつもドキドキしますが、だからこそ本音が自然に生まれてくるのでしょう。そして、堂本さんはスタッフがカメラセッティングやセット転換をする待ち時間の間もずっと現場にいて、賢人のみなさんとお話を続けています。演出陣は内心うれしい一方、ここでいい話が出てしまったらどうしよう！　と、かなり焦っているのですが、堂本さんの好奇心はやむことはありません。

また番組制作の参考になっているのが、視聴者からいただくたくさんの悩みやご意見です。そのひとつひとつを読み込んでいくと、本当に今の日本にはよるべない不安がたくさん渦巻いていることがわかります。「ココロ見」の放送がスタートしてから、東日本大震災も起こりました。これからの未来をどう生きていけばいいのか、誰もが漠然と抱える不安感は大きくなっているように感じます。しかしその不安に、微力かもしれませんが人の力、人の言葉で乗り越えられることもあるはずです。堂本さん自身も、「人って面倒くさいけれども、愛しいもの」とこの対談を通じて語っています。

「ココロ見」も人と人との御縁がつながって、ここまで成長してきました。

こうして一冊の本という形になったのも、たくさんの人が力をくださった結果です。

そのすべての皆様に、心より感謝を申し上げます。

二〇一四年一月吉日

NHK大阪放送局　チーフ・プロデューサー　村野史子

ON AIR LIST

「堂本剛のココロ見」オンエアリスト

堂本さんとさまざまな賢人との出逢いの記録。
番組スタッフから各回の収録裏話も届きました。

#1「吉野」

2010年9月25日23:45－24:15放送
NHK Eテレ

出演　塩沼亮潤（慈眼寺住職）×堂本剛
語り　岸恵子

（収録裏話）初のロケで、出演者もスタッフも緊張しながら始まった撮影。剛さんと塩沼さん、お二人の話がようやく弾みだした頃、塩沼さんの頭や顔を自在に歩き回る1匹の大きなアリが……。放送でも使用していますが、剛さんは音楽への思いを熱く語り、一方の塩沼さんも顔色一つ変えずに、お話に聞き入っていました。何事もないかのように、話を続けていた二人、しかし内心はどっちが先に笑いだすかの我慢大会だったとか……。アリの出現から、二人の距離は一気に縮まり対談はどんどん面白くなっていったのでした。その晩の打ち上げでは、「アリ」がすべての話題をさらったことは言うまでもありません。私たちはこのアリこそ、「ロケの神様」だったと思っています。

（制作スタッフ）チーフ・プロデューサー 水高満／ディレクター 久間真佐子・村野史子／撮影 堀内一路・図書博文／音声 小川房美／照明 永井日出雄／編集 牛島昭／効果 尾形香／テーマ音楽 オルガノラウンジ／タイトル 松本力

#2「熊野」

2011年8月27日24:20－24:50放送
NHK Eテレ

出演　高木亮英（那智山青岸渡寺副住職）・東正直（木こり）×堂本剛
語り　永井一郎

（収録裏話）撮影は和歌山県の熊野と奈良県の十津川村を舞台に行われました。岩場で滑りそうになりながら目の当たりにした滝行や、朽ちた木から神仏を彫り、命を甦らせる人の心意気にふれるなど自然と向き合う中で「戻ることが未来」という名言が飛び出た回です。なんと剛さんはレンタカーで登場、奈良から和歌山に通じる険しい山道を軽々とやってきました。翌日、竜宮城のようなホテルを出発したのは朝6時（ちなみにこのホテル、エスカレーターが果てしなく続くと、剛さんは興奮しきり……）。山に分け入り、ヒルに襲われ、雨に打たれ……。クタクタなはずなのに、最終日、剛さんはスタッフの部屋で朝4時まで一緒に飲み語りました。飾らぬ、優しい男。それが堂本剛さんです。【影嶋D】

（制作スタッフ）チーフ・プロデューサー 水高満／デスク 村野史子／ディレクター 影嶋裕一／撮影 堀内一路／音声 田中勇人／照明 新井豊／編集 牛島昭／効果 尾形香／タイトルCG 鈴木哲

#3「運命」

（前編）2013年1月4日22:30－22:59放送
（後編）2013年1月5日　同上
NHK BS プレミアム

出演　小川三夫（宮大工）・狐野扶実子（料理プロデューサー）・竹内洋岳（プロ登山家）×堂本剛
語り　永井一郎

（収録裏話）「ココロ見」の収録現場には何か不思議な空気が漂っています。それはこの番組の多くを担当している堀内カメラマンのプロ根性が生み出しているものです。普通に景色を撮るなんてことはまずありません。剛さんにも至近距離までカメラを近づけるため、毎回剛さんはレンズと衝突しそうになっています。この回から登場しているお地蔵さんも何かアイコンがほしい、という堀内カメラマンのつぶやきに端を発しています。熊野では、沢蟹が思いどおりの動きをしないため、カメラをグーで殴る！という八つ当たり目撃情報も……。なのに、次の瞬間には謎の「ペンギン語」を話しています。ペンギン語はついに剛さんまで伝染！　ネタは尽きませんが、続きは次の御縁で……。

（制作スタッフ）チーフ・プロデューサー 村野史子／取材 影嶋裕一／ディレクター 平川和宏／撮影 堀内一路・杉江亮彦・高橋剛／音声 田中勇人／照明 新井豊／編集 牛島昭／効果 尾形香／タイトル CG 鈴木哲

#4「ふるさと」

（前編）2013年8月16日23:15－23:45放送
（後編）2013年8月23日　同上
NHK BS プレミアム

出演　佐野藤右衛門（桜守）・吉水快聞（仏師・彫刻家）・西畠清順（プラントハンター）×堂本剛
語り　永井一郎

（収録裏話）番組史上最年長の佐野藤右衛門さんとの初対面。桜の木を眺める剛さんに佐野さんは訝しげな面持ちで近寄り開口一番に言い放つ「また何でんねやな⁉」思わず剛さんは２度聞き……。こんな二人の関係性では良い話が出るわけがありません。しかし収録の合間も飾ることなく自分をさらけ出す剛さんに佐野さんも腹を割って話しだし、スタッフも知らない「ふるさと観」が生まれました。また、日本で絶滅した桜の枝木を海外からジャガイモに刺して運んだという話では、他にもダイコンやスポンジを使うなどさまざまな失敗を繰り返したという佐野家の桜への情熱が印象的でした。別れ際の言葉は「エエ子連れてきてくれたな」。剛さんの「愛され力」を垣間見た瞬間でした。【川口D】

（制作スタッフ）チーフ・プロデューサー 川野良太・村野史子／プロデューサー 河野純基／ディレクター 川口範晃（制作協力：NHK プラネット近畿・ダイメディア）／撮影 向井進・徳井正夫／音声 竹重光紀／照明 宮ノ原祐俊／編集 牛島昭／効果 尾形香／タイトル CG 鈴木哲

#5「自分」

（前編）2013年9月18日23:15－23:45放送
（後編）2013年9月23日　同上
NHK BS プレミアム

出演　河内國平（刀匠）・甲野善紀（武術研究者）・石黒浩（大阪大学教授）×堂本剛
語り　永井一郎

（収録裏話）個性あふれる３人の賢人との対話がスリリングなこの回、好奇心で剛さんの目がどんどんキラキラしていく様子がとても印象的でした。アンドロイドの石黒先生との対話は、実は「熊野」の打ち上げで夜中に剛さんとスタッフがクローン人間の話題で盛り上がる中、お名前が挙がっていました。いつか剛さんがロボットと共演する日が来るのが密かな楽しみです。そして河内さんとの対話も、「運命」で幼い頃、刀鍛冶の仕事に憧れていたという剛さんの言葉から取材が始まりました。ちょっとした一言から、いろいろな世界が見え、いろいろな人生に出会える、それがこの番組の持ち味なのかもしれません。

（制作スタッフ）チーフ・プロデューサー 村野史子／ディレクター 大山健一／撮影 杉江亮彦・高橋剛／音声 田中貢・高橋諒／照明 宮ノ原祐俊／編集 北村良弘／効果 尾形香／タイトル CG 鈴木哲

本書は、ＮＨＫ Ｅテレ、ＢＳプレミアムの番組「堂本剛のココロ見」の放送内容を、新たに加筆・編集したものです。

写真　ＳＵＳＩＥ
スタイリング　渡辺奈央（ＣＲＥＡＴＩＶＥ ＧＵＩＬＤ）
ヘアメイク　大平真輝（ｌａｐｏｍｍｅ）
装丁・本文デザイン　竹内康人（ＶＥＮＵＥ ＤＥＳＩＧＮ Ｉｎｃ．）
構成　吉野千絵
編集　高尾真知子（角川書店）
取材協力　ＮＨＫ「ココロ見」制作班

堂本 剛（どうもと　つよし）
1979年４月10日生まれ、奈良県出身。俳優、歌手や多方面で活躍中。2002年にはシンガーソングライターとしてソロデビュー。世界遺産の薬師寺、飛鳥・石舞台でのライブや地元奈良の特設会場でロングランライブを成功させる。本年１月には、京都・平安神宮で行ったソロライブを撮影した、堤幸彦監督によるライブ・ドキュメンタリー・フィルム『平安神宮ライブ2012　ヒ　ト　ツ』がDVD＆Blu-ray化された。また、２月12日には約２年ぶりのオリジナルアルバム『shamanippon -ロイノチノイ-』を発売。“これから生きてゆくボクたち”をテーマに、大切にしたい想いを音楽へと〈真っ直ぐ〉にぶつけた作品となっている。

ココロのはなし

2014年２月10日　初版発行
2014年３月５日　再版発行

著者／堂本《どうもと》 剛《つよし》　取材協力／NHK「ココロ見《み》」制作班《せいさくはん》

発行者／山下直久

発行所／株式会社KADOKAWA
東京都千代田区富士見2-13-3　〒102-8177
電話 03-3238-8521（営業）
http://www.kadokawa.co.jp/

編集／角川書店
東京都千代田区富士見1-8-19　〒102-8078
電話 03-3238-8555（編集部）

印刷所／大日本印刷株式会社

製本所／大日本印刷株式会社

ISBN 978-4-04-110553-5　C0095